Gaea

Gaea

After Sun Goes Down

日落後

長篇06

星子──著
BARZ──插畫

日落後 —長篇— 06

目錄

01妖車

「今天還是沒有又離的消息？」夜路自賣場貨架上拿起一盒盒生鮮肉品翻看，再一一放回架上。

「沒，從頭到尾就那麼一通電話。」盧奕翰說：「黑夢範圍擴大了，如果他們的手機沒有加裝協會的訊號保護器，應該打不過來，這兩天連火車站那些老鬼都沒辦法用公共電話打進穆婆婆店裡了。」

宜蘭幾處火車站是穆婆婆往常獲取日落圈子情報的閒聊聚會地點，有批老鬼小鬼會四處打探各種消息，定時回報給穆婆婆。先前穆婆婆為了等待青蘋到來，還特別交代幾個鬼朋友替她留意有無見到一個帶著鸚鵡的年輕女孩。

前些天盧奕翰接到夏又離那通沒頭沒尾的電話，這才知道夏又離安然無恙，還陰錯陽差地與日落圈子裡那大狐魔硯先生湊在一起。

盧奕翰和夜路為此振奮不已，但此後卻再也沒收到後續消息。那些老鬼探子們捎來的消息都說，台北市區的黑夢巨城變得更加壯觀，範圍也更大了。

這些天就連守在宜蘭幾處火車站打探消息的眼線老鬼們，也無法透過公共電話撥給穆婆婆。他們之中有些修為較低的，已經抵抗不了黑夢淺層地帶的效力，開始暈頭轉向，大夥兒不是逐漸退往穆婆婆雜貨店外的防線，便是撤退到更遠的地方躲藏。

「啊呀……應該都壞了吧……」夜路拉下塞有回魂羅勒葉片的口罩，取起一盒雞肉聞了聞，露出嫌惡的神情，這大賣場冷藏生鮮肉類架上各種肉品，都已經超出保鮮日期，有些解凍雞肉盒子裡血水橫流，肉身甚至都變色了。

儘管宜蘭距離台北市區遙遠，但大部分住民在黑夢淺層效力影響下，變得懶散恍惚，不是足不出戶，就是反覆進行著機械性動作——例如這大賣場裡寥寥無幾的員工們，像是數天未返家，穿著骯髒的制服，拿著掃把來回清掃幾處固定區域，甚至邊掃邊打著瞌睡。

「多拿點罐頭好了。」盧奕翰挑了幾樣似乎還能吃的蔬果，繞到其他貨架間，搬下一箱箱罐頭、乾糧、麵條和白米，喃喃自語：「穆婆婆說她那雜貨店結界裡的院子還能種菜養雞，我們乾脆買點植物種子回去，自給自足算了……青蘋家不是開花店的嗎？她應該精通園藝……」

「種菜養雞？」夜路挑揀著配飯拌麵的醬料，說：「奕翰，你真想在雜貨店裡長期定居呀……要是黑夢真壓過來，你覺得我們能撐到母雞生出小雞，或是蔬菜水果收成時嗎？」

「如果阿彌爺爺的『陣法』眞的有用，確實能夠擋住黑夢，就像四號公園那時候。」盧奕翰想了想，說：「不過……如果黑摩組那五個傢伙大駕光臨，我們全加起來，或許也擋不住他們任何一個。」

「沒錯。」夜路說：「所以我們這樣死守，跟等死有什麼分別？」

「是呀。」盧奕翰哼哼地說：「你害怕的話，趁現在趕快帶著阿彌爺爺往中部撤。昨天我收到協會消息，他們的封鎖線差不多完成了，現在各國協會援軍也準備從南部上岸，全力防守封鎖線。」

「哎喲，我就這麼走了的話，豈不是讓你跟青蘋兩個人生死與共、雙宿雙飛啦？」夜路瞪大眼睛。「我會那麼便宜你嗎？」

「還有穆婆婆。」盧奕翰沒好氣地說：「外加兩隻話多屎也多的笨鳥。」

「看得出來你眞的很想跟青蘋同生共死。」夜路打著哈哈。

「你不想嗎？」盧奕翰翻了個白眼。「少成天裝模作樣、漫不經心，你以爲我看不出來你也對青蘋有意思啊？」

「你只說對一半。」夜路攤攤手，說：「比起共死殉難、同赴黃泉，我更愛白頭偕老、兒孫滿堂這種開心結局。」

「廢話，誰不喜歡跟另一半白頭偕老。」盧奕翰哼哼地說：「乾脆我們猜拳，輸的自動放棄。」

「猜個屁，就算我猜輸也不放棄。」夜路比手畫腳說：「我要聽到青蘋親口做出抉擇！根據我這段時間的觀察，我覺得她應該還是比較喜歡我這類風度翩翩、知書達禮的文人——只是她沒料到，這文人不僅文采洋溢、學富五車之外，竟然還身懷絕世武功！原來是文武雙全！噢，完美！簡直是全球女性的理想情人吶……嘻嘻，她福氣不錯，前世有燒香喔。」

「我去你的！」盧奕翰哈哈笑著說：「你這些廢話有種當面對她說，看看她聽不聽得下去。我倒覺得她不像是那種會喜歡油嘴滑舌、輕浮低級的痞子的女生；她應該比較喜歡誠懇苦幹、勤奮認眞的好男人。」

「誠懇苦幹、勤奮認眞，那也是我啊。」夜路豎起拇指指指自己胸口。「哪像你，成天躲在煮藥房偷看青蘋脫光衣服練習結界。低級鬼。」

「誰偷看了！」奕翰瞪大眼睛嚷嚷：「都說那種花紋玻璃看不見了……而且她沒脫

光，有穿內衣跟褲子的。」

「玻璃看不見你怎麼知道有穿褲子？」

「大致顏色還是看得出來。」

「你還說沒偷看，下流、低級，我要跟她說！」

「那我也要把你剛剛那些廢話跟她說。」

「無恥之徒，卑鄙下流……」夜路嘖嘖兩聲後，先是默然半晌，跟著搖頭晃腦地說：「看在──你一片痴心的分上，我原諒你、替你保守祕密。不過……你得認眞思考我接下來說的話。」

「你又想講什麼鬼話？」盧奕翰來到零食區，從貨架上搬下一箱箱巧克力和各種糖果往手推車上疊。「沒營養的廢話就別說了，我耳朵都聽累了。」

「絕對營養滿點。」夜路正經地說：「如果你眞喜歡青蘋，你希望看她困守在穆婆婆雜貨店裡，被黑摩組那些妖孽活捉摧殘嗎？」

「當然不希望。」盧奕翰嘆了口氣。「但她已經打定主意要陪著穆婆婆了。我私下問過她好幾次，她的態度一次比一次堅定；她不可能捨棄穆婆婆獨自離開，我想她把對外公的擔心跟想念，投射在穆婆婆身上了……」

「是啊。」夜路說：「但你別忘了我們的任務——堅壁清野。」

「沒忘啊。」盧奕翰。「但穆婆婆不吃軟也不吃硬，腦袋又精明，沒辦法用哄用騙的，再加上一個同樣固執的青蘋，我們能怎麼辦？」

「不吃軟也不吃硬，腦袋靈光也騙不成——這些都是醒著的時候呀。」夜路停下腳步，回頭望著盧奕翰，露出一副狡獪的神情。「睡著的時候呢？」

「……」盧奕翰呆了呆，陡然一驚，問：「你想對她們下安眠藥？」

「你覺得呢？」夜路從口袋裡取出一罐東西拋了拋，是瓶處方籤安眠藥——在前往這大賣場途中，他們在沿途經過的幾家中藥行裡搜購了些阿彌爺爺煉陣所需藥材。而夜路也藉著腹痛之名，去西藥局買了些止瀉藥和生活所需藥品，以及幾瓶強力安眠藥——由於藥局店員身受黑夢淺層效力影響，恍惚失神，被夜路隨口哄騙幾句，便輕易售出這需要醫師處方籤才能購買的強力安眠藥。

「我知道這對穆婆婆當然是大不敬。」夜路說：「我也知道，穆婆婆這把年紀，早已看透生死；青蘋個性倔強，憑著一股氣，也視死如歸；你自詡協會勇將，大概也不怕死，但這世上有種情形，叫『生不如死』。我們都曾落在黑摩組手裡，那段時間發生的事，我現在想起來都會發抖。老兄，你明白我的意思。」

「……」盧奕翰默默無語，他曾經被黑摩組俘虜過一段時間，那時他被鴉片當成沙包練拳，每日痛毆之餘，還被強灌治傷藥物，好讓他肉體快速復元，再回復成新的沙包，繼續捱揍。

「青蘋擁有能操縱神草的血脈，孫大海下落不明，要是他們沒逮到孫大海，卻逮著青蘋，可不會一刀殺了她那麼簡單。」夜路說：「那些人不是普通變態，是變態中的變態；你能眼睜睜看著心愛的人，被那些變態當成人體實驗的材料、日日夜夜受盡痛苦折磨，日復一日、永無止盡嗎？」

「別說了。」盧奕翰往貨架上揮了一拳，打凹一罐奶粉。「告訴我你的計畫。」

「也不是什麼了不起的計畫。」夜路收起那安眠藥，說：「找一天讓她們睡著，連同兩隻囉嗦臭鳥跟阿彌爺爺，全帶回中部封鎖線安置，皆大歡喜。」

「嗯。」盧奕翰點點頭，說：「不過現在雜貨店外面——」

「是啊，這是最大的難題。」夜路不等盧奕翰說完，便接著說：「現在穆婆婆雜貨店外多了一群雞婆，他們恐怕會礙事，我們得幹得乾淨俐落、幹得神不知鬼不覺。」

「你打算什麼時候行動？」盧奕翰神情嚴肅，他雖仍有疑慮，但似乎並不反對夜路的計畫。

「越快越好。」夜路說：「黑夢隨時會壓過來，雜貨店外那些雞婆的陣仗越來越嚴密。他們呼朋引伴，一個拉一個，連原本不認識穆婆婆的大鬼小鬼都聚來了，拖得越晚，越難得手。」

「聽說過幾天小八生日，小八和穆婆婆都喜歡吃水梨。」盧奕翰說到這裡，停下腳步，望向水果區域。

他倆互望一眼，立刻推著載滿罐頭的手推車，往那水果架位趕去。

由於這些攤位十數天未整理，有些水果已經熟得發爛了，但也有些原本較生的，經過這些天，反而熟得剛好；他倆揀了些水果，又在賣場繞了一圈，挑了些能夠久存的食材，這才轉往結帳櫃檯。

「嗯……」盧奕翰左看右看，這賣場數個結帳櫃檯空無一人，只有一個穿著制服的員工懶洋洋窩在附近一張長椅上仰頭望著天花板，臉上掛著詭異的笑容。盧奕翰本想試著喊他結帳，但他一走近，便聞到濃厚的屎尿味道，見那員工褲子上有明顯的排泄污痕，只好搖頭退開。

就當他們推著手推車打算直接離去時，結帳櫃檯外迎面走來數人。四男三女，一共七人。男的各個西裝筆挺，女的也一身黑色套裝。人人手中提著一柄油紙傘。

□

「青蘋、青蘋、青蘋、青蘋……」英武窩在廂型車車尾高處一個小鳥窩裡，連聲喊著青蘋。

青蘋托著臉，望著車窗上數條裂痕，這廂型車經過連番折騰，不但車頂破了洞、後車門也歪歪斜斜地闔不攏、車體凹凸破爛，便連車前的擋風玻璃都沒了，此時後車廂堆著數大箱東西——全是他們今天外出四處添購的藥材、食材和日常用品。

夜路推斷再過一段時間，黑夢翻山越嶺正式壓境後，他們或許便要面臨長期死守，再也無法像現在這樣自由外出了；這兩日他們開著這破爛廂型車四處搜刮各種飲食和煉陣所需物資。許多店家都已無法正常營業，他們也顧不得太多，若是碰到無人看守的店家，也照樣自行挑選需要的物品搬上車，再留下一張購物清單和協會的聯絡方式——

自然，這樣的做法究竟有何意義他們也說不上來，倘若黑夢正式壓境，四周住民究竟會變得怎樣，沒人知道，就連他們留下的清單究竟能不能被店家發現，進而向協會聯繫也不得而知了。

「青蘋、青蘋、青蘋、青蘋……」小八窩在英武對面的鳥巢裡，也對青蘋嚷個不停。

「你們夠了喔。」青蘋終於皺起眉頭，瞪著英武和小八。「讓我清靜一下好嗎？」

「妳還在擔心老孫？」英武理著羽毛。

「廢話。」青蘋翻了翻白眼。

「青蘋、青蘋、青蘋、青蘋！」小八像是一點也不介意青蘋現在是憂是喜，他嚷嚷地說：「妳究竟喜歡貓狗人還是肌肉人？」

「什麼貓狗人和肌肉人。」青蘋揮了揮手。「夜路和奕翰有名字的。」

「那妳喜歡夜路還是奕翰？」小八追問。

「問什麼鬼東西！」青蘋嘖嘖地說：「你們有毛病嗎？為啥他們一不在就纏著我問這問題。」

「妳想要等他們在的時候才問嗎？」小八歪著頭說：「好啊，等等他們回來我再問。」

「喂！」青蘋氣得站起來，走到小八的鳥巢前，瞪著小八說：「不、准、問！他們都是我的夥伴，我一點也沒有想過這個問題，你們不要再鬧了。」

「英武。」小八轉頭對英武說：「原來青蘋沒想過這個問題，那——」小八說到這裡，又望回青蘋，說：「那妳現在想一下吧。」

「想個屁！」青蘋扠著腰，瞪著小八：「你再煩我，下次我告訴穆婆婆，不帶你出來了。」

「青蘋。」英武清了清喉嚨，說：「妳知道老孫這兩年最掛心的事情是什麼嗎？」

「我知道，你閉嘴。」青蘋瞪著英武。「我的事，我自己會處理。」

「他想抱曾外孫吶。」英武也不理青蘋企圖替這話題寫下句點，而是自顧自地說：

「我雖沒看著老孫長大，但好歹也看著他變老，他心裡想什麼我都知道，他眞的很希望妳幸福快樂。」

「我不是叫你閉嘴嗎！爲什麼你們這兩隻臭鳥每次一開口說話，就完全不理別人說什麼啊！」青蘋轉身走到英武的巢前，瞪著他說：「我也很擔心外公現在的處境，但這完全是兩件事！這是我的私事，你不懂嗎？」

「我們懂呀，這是青蘋的私事，對不對，英武。」小八嘎嘎地說：「但是，跟貓狗人結婚，會生出小貓狗孩子；跟肌肉人結婚，會生出小肌肉孩子。英武，老孫他喜歡小貓狗曾外孫，還是小肌肉曾外孫吶？」

「這很難講。」英武說：「老孫最喜歡鬼扯淡，跟貓狗人應該有話聊，但肌肉人看起來比較可靠，老孫應該更放心將青蘋交給他。」

「我不是問老孫喜歡貓狗人還是肌肉人，我是問老孫喜歡小貓狗曾外孫還是小肌肉曾外孫。」小八嚷嚷地說。

「小肌肉曾外孫跟小貓狗曾外孫感覺都很可怕呀。」英武搖頭晃腦。「不過人類剛出生好像都長得一樣，跟猴子一樣……」

「你們有完沒完——」青蘋終於忍受不了，重重跺腳大罵：「給我閉嘴——」

「唔！」英武和小八見青蘋動怒，這才不敢吭聲。

青蘋握著拳頭，咬牙切齒，一會兒怒瞪英武、一會兒怒瞪小八，正轉身想坐回座位，身後又傳來一個奇異聲音——

「小肌肉曾外孫好像比較好一點……」

「是誰！」青蘋氣憤轉頭，一副要將英武和小八的鳥巢拆下扔出窗外的模樣。

「不是我！」小八連連搖頭。

「也不是我啊！」英武也嚇得左顧右盼。

「不是你們，難道是我嗎？」青蘋氣呼呼地走到車尾，推開後車門，動手扯起英武的鳥巢，說：「我受夠了，你們給我自己飛回去……」

「青、青蘋……」英武振翅飛起，慌張地說：「眞的不是我，我很識大體的……」他說到這裡，對小八說：「小八，你別再講了，青蘋眞的生氣了。」

「嗯？講什麼？」小八也飛了起來，茫然地問：「我講了什麼？我最後一句話，好像是……嗯，是問老孫喜歡……」

「是……是我講的。」那奇異聲音再次響起。「我覺得小肌肉曾外孫……應該比較好……」

「呃？」青蘋瞪大眼睛、僵在原地。這次她聽得一清二楚，這說話聲音和英武、小八都不相同，且聲音似乎來自腳下。

兩隻鳥也嚇了一跳，一齊落在青蘋肩上，左顧右盼，說：「他們兩個不是去賣場搬東西了嗎？車上除了我們就只有青蘋吶？怎麼還有其他聲音？是誰在說話？」

「誰？」青蘋後退兩步，緊張地問。同時，她伸手進外套裡，捏著了外套口袋裡一截黃金葛藤蔓——神草黃金葛能無限生長，截斷下來的藤蔓也能隨意操使，直到藤蔓裡的力量消耗殆盡爲止。

「是我……」那聲音說：「我……我不知該不該開口說話，但……能不能請妳幫我個忙？」

「你是誰呀!?」小八尖叫。

「你躲在哪？」英武嚷嚷。

「你是誰？躲在哪？」青蘋急急地喊：「你要我幫你什麼忙？」

「我……我好累、好餓、我全身都痛……」那聲音說：「我可能快死了……求求妳，我需要點食物，你們車上有很多食物，能分我一點嗎……」

「你到底在哪啊？你出來呀？」青蘋和英武、小八一齊喊。

「我……我也不知道我是誰……」

在廂型車尾端地板上，緩緩鑽出一顆奇異腦袋。

那腦袋看上去就像是用金屬零件、廢棄鐵皮、螺絲鐵釘、各種線路交纏組裝成的劣質裝置藝術品般。他臉上兩隻「眼睛」，左邊是個圓形錶狀計時器、右邊是個閃爍著黃光的怪異小圓燈。

「我只記得……我好像是被主人們派來追殺你們的……」那傢伙虛弱地說。

「啊！」青蘋猛然想起在北宜公路追逐戰時，那些流氓曾提著金屬籠子，拋出猶如無殼寄居蟹般的怪異金屬小蟲，那些怪異金屬小蟲會奮力往車體裡鑽，寄生進車體——本來同行的協會車輛，就是受到那些金屬小蟲寄生之後，從車內竄出許多尖銳利刺，將幾名協會夥伴屠戮慘殺。

「你！」青蘋後退兩步，取出黃金葛藤蔓，捏在手上急唸咒語，那黃金葛藤蔓立時伸長，成了一條一公尺餘的短鞭，上頭幾片葉子微微閃動光芒。

「呀！別……別打我，求求妳，我怕痛！」車尾那金屬傢伙嚇得撇開頭，腦袋旁還竄出兩隻金屬手掌，掩住了臉。「我……我一點也不想要害你們呀，你們也怕痛，不是嗎？我們為什麼要這樣彼此傷害？」

「……」青蘋一時茫然無措，她左顧右盼，這廂型車經過改造，車廂兩側一邊是長椅、一邊是工作長桌。想從側面出去，得費好一番工夫移開長椅、解開各處釦鎖，才能打開側面車門。此時能夠迅速離開這廂型車的出口，便只有車尾門而已。

「我……我只是想吃點東西……」金屬腦袋哽咽啜泣起來，金屬手掌顫抖地指了指那幾箱物資，裡頭有從各處賣場、便利商店搜刮來的乾糧食物。「只要一點點……一點點就好了，我吃完就躲回去。再、再不然……我直接躲回去，再也不出來了，你們不要打我、不要傷害我，好嗎……」他說到這裡，緩緩地又往車體裡沉，發出喀啦啦的聲音，沉到只露著兩顆怪眼睛處，略頓了頓，瞥向一個大紙箱，那大紙箱側面有個作為抓握用的長型孔洞，隱約能夠見到裡頭的餅乾。

「我好久沒吃小熊餅乾了，好想念小熊餅乾的味道……」金屬腦袋喃喃說著，稍稍探高了腦袋，讓兩眼間那怪異鼻子露出地板，抖動兩下，像是在聞嗅著什麼般，跟著哽咽地往下沉，直至沒頂。「爲什麼我會來到……這個地方？」

「……」青蘋捏著黃金葛的掌心冒汗。那金屬傢伙縮進車體後，她反而更加緊張地在意起四周，就怕那傢伙從其他地方暴竄襲來。

「老兄、老兄。」小八飛到那金屬傢伙沉下處附近，搖頭晃腦地對著地板說：「婆婆的店裡也有賣小熊餅乾，你可以來跟婆婆買啊。你叫什麼名字啊？你怎麼只有一顆腦袋和兩隻手，其他身體呢？」

「青蘋——」英武性情較小八穩重許多，且他可沒忘這些金屬寄生蟲的凶狠，此時低聲說：「我掩護妳，妳找機會出去。」

「……」青蘋一時也難決定，往前走了兩步，只聽見車尾仍傳來隱隱啜泣聲。

「我不知道我是誰……」那聲音隱隱自車體透出。

「我是小八。」小八嘎嘎地說：「你是壞人嗎？」

「好像是……」那聲音說：「可是我不想當壞人……」

「你做過哪些壞事？」小八問。

「我不知道……」那聲音說：「我跟大家一起跑在路上……我看不見前方。」

「你在跑步呀？」小八說：「跑步又不算壞事，你眼睛看不見嗎？看不見東西跑步，也不算壞事吶，講點更壞的事情來聽聽。」

「我看得見，但我不知道爲什麼大家都能看前面，偏偏我只能看著後面……」那聲音說：「我怕跟大家不一樣，只好拚命跟著大家，但我看不見路，時常將主人甩下車，主人就打我……嗚嗚……」

「啊呀！」英武聽那聲音說到這裡，猛然想起在北宜公路上，曾見到那怪車陣中，有一輛怪異機車，一雙大眼睛不是長在龍頭車燈上，而是長在車尾燈上，駛得搖搖晃晃，還將車上流氓翻摔下車，那些流氓氣得朝怪機車開槍，怪機車驚恐求饒——當時英武見到這奇景，才知道那些怪車還會說話。

「你就是那眼睛長在屁股上的機車嗎？」英武說：「原來你還沒死呀，你怎麼會上了我們的車呢？」

「機車……機車……」那傢伙聽英武問他，又從地板探出半顆腦袋，望著青蘋和英武，他左眼那圓錶緩慢走著、右眼圓燈微微閃爍，說：「對，本來我是……機車，兩輪的……當時我滾下山，花了好多時間才追上同伴……跟著同伴繼續追你們，後來、後來，不知道發生什麼事，主人們追進一間房子裡，再也沒出來……我們在外頭等了許久，等到同伴都離開了，但我……我已經走不動了……我快死了……我的身體壞掉了……我只好離開原本的兩輪身體，爬進附近一輛四輪大車裡，對啊！所以、所以我變成大車了！我變成大車啦！」

他說到這裡，突然有些興奮，將腦袋完全探出，還露出一截脖子，左顧右盼起來，兩隻手也拚命往外鑽，但雙手卻只能探出至手腕部分。「我變成大車了、可以載更多主人，咦、咦咦、咦咦咦——」

那金屬腦袋探看半晌，還轉過頭望向後車門外，晴天霹靂地尖叫一聲：「啊！我怎麼還是朝著後面？」

喀、喀、喀、喀——金屬腦袋左眼圓錶那指針緩緩地走，像是一時間無法相信事實般呆滯僵硬。

「什麼叫『朝著後面』？什麼意思？」小八好奇追問。

「我……」那金屬傢伙又掩面哭泣起來。「我知道了，我天生就是個失敗者……」

「什麼意思？什麼倒著？什麼失敗者？」小八繼續問。

「我是車子……」金屬傢伙說：「但我只能看見後面……看不見前面怎麼開呢？」

「你可以倒著開呀。」小八說。

「倒著開？」金屬傢伙愣了愣，歪著頭思索半晌。「我不曉得倒著怎麼開……」

他這麼說的時候，廂型車自己發動了引擎，往前衝出半公尺有餘，轟隆隆撞上前面一輛汽車車尾。

「啊！就是這樣，我又要被主人打了……」那金屬傢伙掩面哭泣起來。

「主人？誰是你主人？」小八像是見到新奇玩物般嘎嘎地說，對著那金屬腦袋上下打量。「你不會倒著開？我在天上看過許多車子都能倒著開呀，就是『倒車』呀！倒車你會不會？」

「……」青蘋與英武不動聲色地聽那傢伙和小八你一句我一句，一時也插不上話。

「倒車？」那金屬傢伙「唔」了一聲，說：「倒車？倒車我好像會……對了，倒車、倒車……」

廂型車微微震動著，緩緩地開始倒車。

「咦、咦咦……」那金屬傢伙面向後車門外，驚喜地說：「這樣開，好像比較順吶……這樣、這樣……主人就不會打我了，呵呵、嘿嘿……」

「喂、喂喂，你要開去哪邊？」青蘋見這金屬傢伙竟操縱著廂型車，倒駛出停車格、駛上馬路，不禁驚慌叫著：「快停車，讓我下車！」她這麼說時，揚起手中黃金葛藤蔓，倏地在空中一鞭，在空中甩出一道金色光痕——這些天她跟穆婆婆學習結界法術，儘管進展平凡，但孫大海當年修煉這些神草種子，本來便融入了穆婆婆結界法術精要奧義，青蘋懂得掌握穆婆婆結界法術，操使這神草時，便覺得順暢許多。

「哇，不要打我，主人、主人……」金屬傢伙又掩起臉，哆嗦起來。廂型車也因此斜斜地停在馬路中央。

「青蘋、青蘋……」英武突然開口，揚起翅膀指向車頭方向。「那些傢伙不太對勁——」

「哪些傢伙？」青蘋呆了呆，轉頭矮身往車頭前方望去，只見此時馬路上幾無行駛車輛，但有幾個人走在馬路中央，朝廂型車大步走來。

不論男女，都穿著正式的西裝、套裝。

人人手上都提著油紙傘。

「傘……」青蘋呆愣愣地望著那批人，突然想起什麼，從外套內側口袋，掏出那隨身小筆記本快速翻看，停在其中一頁，那頁抬頭寫著兩個標題大字——傘師。

「人手一把油紙傘，他們是傘師！」英武嘎嘎叫嚷起來。

車尾，小八也嘰嘰呱呱地喊了起來：「好笨的人，好多好笨的人，又沒下雨，開什麼傘？」

青蘋聽小八那樣說，急忙回頭，只見車尾方向那馬路上，也走來四、五人，穿著與車頭方向那些人相差無幾，且也提著傘——

且紛紛張開傘。

其中一人張開的紙傘下，溢出了滾滾黑煙。

黑煙凝聚成形，是個兩公尺高、黑袍覆地、青臉長髮的怪人。

其餘人張開的紙傘，同樣落下各式各樣的人和獸，有青面獠牙的凶惡小童，也有巨大凶猛的古怪惡獸。

「傘師——將魔物封入傘裡，長年修煉豢養，進而指揮操控的異能者；台灣只有兩派傘師，一派王家、一派郭家。」青蘋驚恐中，一面翻看手中筆記，一面來回張望馬路前後兩端逼近的持傘傢伙們。「郭家傘師長年與協會交好，王家傘師則陸續與四指勢力合作——幾個月前，王家傘師已經被黑摩組併吞……」

青蘋喃念至此，頓了頓，見前後兩批持傘人馬全打開傘，指揮著傘下那堆凶人猛獸，浩浩蕩蕩包夾逼來，急急地說：「所以這些人是王家還是郭家？」

「不管是哪一家，看起來都像是要來找碴的……」英武急急地對著車尾那金屬傢伙說：「壞傢伙，這些人是你的夥伴嗎？你聯合他們來對付我們？」

「不是、不是呀！我又不認識這些傢伙……我只認識主人們。他們、他們不像是我主人呀，我那些主人們……樣子醜多了。哎呀、哎呀，你們不要跟我主人講我說他們樣子醜喲，不然我會被主人打死的……」金屬傢伙摀著臉說。

「怎、怎麼辦……」青蘋望了望擺在工作台上的手機，若是以往，她還能以手機向盧奕翰和夜路求救，但這兩日黑夢效力增強，他們之中只有擁有協會除魔師身分的盧奕翰有能夠抵抗結界干擾的專用手機，除此之外，一般手機已無法正常使用。

她咬咬牙，捏著黃金葛想要衝下車，但廂型車陡然猛地一震，那金屬傢伙哇地大聲尖叫，英武也哇哇大嚷起來。

青蘋回頭，只見一個身穿白袍、披頭散髮、七孔流血的凶惡女鬼攀上車頭，鑽入那沒有擋風玻璃的駕駛座裡。

「哇！」青蘋驚恐甩動黃金葛，朝著那駕駛座椅子猛力一鞭，轟地金光四射，幾枚黃金葛葉子一齊炸開，那女鬼唰地退出車外，伏在地上，像頭凶猛惡豹，急奔幾步又高高躍上車頂，將臉湊在車頂上的破洞往裡頭瞧。

一個套裝女人持著紙傘離車頭最近，數條瀰漫黑煙的「線」，隱隱約約自套裝女人所持紙傘下溢出，連在那攀著車頂的女鬼背上——

這女鬼是傘魔。

套裝女人以及其他持傘傢伙便是傘師。

「好痛、好痛，我不敢了、主人，不要打我——」金屬傢伙被青蘋的黃金葛一鞭，嚇得哭叫起來，雙手亂擺，右眼黃燈閃爍不休。「我跑、我跑就是了……」

廂型車轟隆隆倒車駛動，直直往後方幾個持傘傢伙衝去。

「哇哇哇！」小八尖叫著，只見數公尺外一個傘師紙傘一揚，指揮著一頭怪異大獸凶猛奔來，眼見就要撞上廂型車車尾。

「好可怕！」金屬傢伙儘管用雙手擋著眼睛，但還是依稀從指縫中看見外頭，他被那狂奔而來的怪異大獸嚇得魂飛魄散，連忙轉彎避開，倒車駛上分隔島，衝入對向車道。

「哇！」青蘋被這陣急轉彎甩上長椅，掙扎起身，只見身旁車窗貼著一張鬼臉，是個惡童模樣的凶厲小鬼。這小鬼有六隻手，兩隻空手指甲銳長，牢牢揪著車窗框不放，另外四隻手分別持著鐵鎚、插花剪刀、螺絲起子和老虎鉗，轟隆隆地捶擊車窗，伸手進來要抓青蘋。

磅地一聲紅色光爆在惡童眼前炸開，是英武射出的紅羽，那惡童被紅光映得哇哇怪叫，但雙手仍緊抓窗框不放。他手力極大，將窗框抓得變形扭曲。

青蘋滾離長椅，甩動黃金葛藤蔓，朝那小鬼抓框的手一鞭，鞭出一陣光爆，痛得那小鬼哇哇怪叫。他有六隻手，鬆開一手，另幾手便以器械勾著窗框不讓身子落下，一副想往車裡鑽的模樣。

「哇！那是什麼鬼呀，不要進來我身體，好可怕呀——」那金屬傢伙被眾傘師放出的厲鬼惡獸團團包圍，不停在馬路上亂衝亂繞，回頭又見那凶惡小鬼齜牙咧嘴地想鑽進車身，嚇得連連哭叫——那破裂車窗外陡地竄出幾根鏽蝕鐵條，互相糾纏捆結，像是生出了面鐵窗般將那小鬼阻隔在車外。

「噫呀！」小鬼不死心地挪移身子，攀上另一扇窗，卻見那扇窗外也長出鐵窗——不一會兒，整輛廂型車各處車窗都生出鐵窗，便連前擋風玻璃和那歪斜的後車門，都覆上一面鐵窗。

「唔！」青蘋驚恐地左顧右盼，儘管鐵窗阻隔了小鬼入侵，卻也封死了她的退路；然而此時此刻，外頭那些傘師對她的威脅，顯然比這怪異寄生妖蟲要大得多。

「哇，你好厲害呀妖車，你還能替窗戶加蓋鐵窗！能不能生管大砲出來轟炸他們！」小八在長椅尾端興奮地嘎嘎亂叫。

「大砲？我不會生大砲呀……」那金屬傢伙害怕地說：「就算生了大砲，也不會開砲，哪來的砲彈吶……」

「哼，不能開砲，真是掃興！」小八蹦蹦跳跳，振翅飛了起來，在車內繞了繞，倏地自窗上鐵欄縫隙飛出車外，大叫著：「空軍出動——」

「對！快去向肌肉人跟貓狗人求救！」英武見小八飛梭出去，連忙湊近窗邊叮嚀，但見小八在空中胡亂飛衝，一會兒俯衝逼近那些厲鬼惡獸，一會兒在那些傘師頭頂盤旋，一點也沒有飛入賣場求救的意思。

「你在幹嘛，小八，去求救呀——」英武急急催促，卻見一個傘師突然掩面跪地，激動甩頭抹臉。

他還不知道發生了什麼事，便見到小八又飛到另一個傘師頭上，弓身拱尾，噗地拉出一泡稀屎，那稀屎如同飛箭，唰地射在那傘師臉上。

那傘師連連後退，一屁股坐倒在地，像落水狗般甩動腦袋，然後捧腹嘔吐起來。

「對呀！這些傘師操縱的傘魔厲害，但傘師本身力量不強，與其跟傘魔正面衝突，不如直取傘師！」英武想到這點，也飛衝出窗，啄了幾片羽毛，倏倏地往幾個傘師身上射，炸出一團團刺鼻煙霧和耀眼紅光。

「什麼情形呀？怎麼那麼多煙？還那麼臭！」那金屬傢伙讓外頭戰況嚇得更加恐慌，他見一頭大獸撲過車尾，嚇得陡然後退暴衝——朝著車頭方向衝出一大段距離，轟隆撞上一個東西。金屬傢伙和青蘋同時回頭，只見車頭窗外卡著一把油紙傘，有隻手扭曲自車頭下舉起。

「哇，出車禍啦、撞到人啦！」金屬傢伙嚇得尖叫起來。「怎麼辦，我不是故意的，嗚嗚，快報警呀──」

凶猛的惡獸撲上廂型車車身，咧開大口啃咬車體；淒厲女鬼將鐵窗左右扯開，想往裡頭鑽；凶惡小鬼持著鐵鎚對著車身胡敲亂砸，將車身板金砸得凹凸破爛；車頭那被撞壞了的油紙傘下，唰地竄出一個青臉大鬼，咖啦啦地一把將鐵窗扯斷，探身進入駕駛座──

青蘋驚恐至極，這是她第一次獨自臨敵應戰，她右手甩了甩黃金葛藤蔓，藤蔓上又生出新的葉子，同時她左手也從口袋掏出一截莖藤，甩成一公尺長的藤蔓；她握著兩截黃金葛短鞭，藤蔓上的葉子微微閃動著金黃色火光。

但她還沒出手，卻聽見外頭陡然劇烈騷動起來，幾個傘師不約而同地奔躍退遠，惡獸、小鬼、女鬼、男鬼，紛紛飛撲下車。

只有鑽入駕駛座裡的那凶惡大鬼，仍留在車內──操使這惡鬼的傘師被廂型車撞倒在車下，傘魔沒了傘師指揮，便能夠離傘行動──然而車下那傘師似乎只是傷重而沒死，因此油紙傘上的黑煙線條仍緊緊連著那大鬼。

金屬傢伙怪叫一聲，廂型車猛然倒車後退，讓那仍受制紙傘的大鬼，倏地往車頭窗外拉，同時青蘋甩動兩條黃金葛藤蔓朝前座鞭去，十餘片心型綠葉一齊炸出金光，將那大鬼轟出車外；金屬傢伙趕忙再令車頭上的鐵窗欄杆重新結捆纏實封死。

「咦？」青蘋攀著前座椅背，注意到前方馬路遠處走來一人。

那人似乎就是令四周傘師轉移目標召回了傘魔、聚精凝神、全心備戰的對象；那些傘師不論臉上有沒有沾上小八的稀屎，全都轉身面向那人，儼然如臨大敵。

青蘋仔細看去，那人一身粉藍色運動服，紮著馬尾，是個女孩。

女孩拖著一個大行李箱，手上也持著一把白色油紙傘，身後還跟著一隻大白狗，大白狗背上也揹著行李，且掛了支模樣醜陋的怪傘。

女孩緩緩張開白傘，白傘傘面上畫著一隻紅頂白鶴。白鶴的雙眼螢光閃動，先是張揚開翅膀，跟著探起長頸、整個身子竄出傘面，振翅高飛起來，雄赳赳地落在白傘上方。

女孩身後的大白狗則倏地站起，身軀化成高大巨漢體態，腦袋仍是那顆狗頭，咧開大嘴面露凶光，伸手抽出背後行李上那把怪傘。

化成壯漢體態的大白狗，舉著那柄傘身上有著一塊塊醜陋補丁的怪傘，模樣像是個持刀武士。

「吼──」所有傘師的傘魔同時發出怒吼，朝著女孩發動攻勢。

女孩神情從容，輕輕抖了抖白傘，白鶴緩緩飛起。

02天才傘師

青面獠牙的惡鬼，連同指揮這惡鬼的傘師，如同脫線風箏般撞上賣場水果攤位上。

水果攤位對面，夜路直舉右手，鬆獅魔一顆大狗頭淌著舌頭，舌尖還滴著黏糊口水——鬆獅魔的吼波強悍無匹，別說這些傘師，便連黑摩組五人，不摘戒指，可都無法輕易擋下鬆獅魔的吼波。

另一頭，盧奕翰遊走在另幾處水果攤位間，他被四名傘師緊盯不放，那四名傘師指揮著七隻惡鬼，惡鬼有男有女有老有少，有的徒手、有的持著尖刀利刃。

但對盧奕翰而言，尖刀與徒手沒有太大分別，他的「鐵身」能讓皮肉骨骼鋼鐵化，且關節仍能自在活動。他抬臂擋下那些撲來的惡鬼們的爪子和利刃，接著出拳拐肘、踢擊膝撞地將一隻隻惡鬼撂倒在地。

他的拳頭打在惡鬼胸口、臉上時，都會炸出光芒，他天生有著一副「大水壩體質」，體內魄質無法透出皮肉，使他無法像其他異能者、除魔師那樣自在驅動魄質施展各種異能法術。

刺青師小蟲在他全身刺下能夠將囤積在體內的魄質，轉化成一身銅皮鐵骨的「鐵身」之外，也在他的雙拳、雙肘、雙膝、雙腳和額頭等多處地方，刺下能將魄質轉化成震波的

「爆彈」。

轟——

盧奕翰一記上勾拳，打在一個高瘦大鬼的下巴上，霎時金光四射，將那大鬼的嘴巴打歪了。

「好樣的，王家傘師果然歸順黑摩組了——」盧奕翰幾步蹦上一處水果攤位，避開兩隻小鬼撲擊，將攤位上那些水果踢向後方持傘操使惡鬼的傘師。

「黑摩組搶走了王寶年傘和王家那麼多妖魔鬼怪傘，怎麼派來這種等級的貨色？」夜路轉身將雙手舉向另兩個操使惡鬼的傘師，鬆獅魔咧開嘴巴一吼，一記吼波將撲來那怪頭惡鬼的大怪頭轟得反折貼在後背上；同時老貓有財甩出鬍鬚圈圈，纏上另一個惡鬼雙足，將那惡鬼絆倒在地。

「回去告訴安迪，若他想擊敗我夜路，就算不親自出馬，最起碼也要派出阿君、鴉片這種等級的傢伙來挑戰我……」夜路模仿著電影裡的槍手開完槍後鼓嘴吹散槍口煙硝的模樣，將鬆獅魔腦袋湊近自己的臉呼了口氣，卻被鬆獅魔甩起舌頭從下巴一口舔上額頭，濃稠的口水將他一邊鼻孔堵住了，舔得他連連嗆咳起來。「嗯、咳咳、嘔——」

「沒一個能打的！」盧奕翰揪住一個撲上貨架的惡鬼雙耳，轟隆賞了那惡鬼一記頭錘，跟著翻身下架，一拳一個，將幾隻惡鬼全打倒在地，哼哼地說：「這些傘魔哪裡稱得上『魔』，根本只是普通遊魂野鬼，連『半魔』都沒煉成……王家收藏那麼多傘，原來都這種水準？」

幾個傘師臉色難看，彼此茫然互看，紛紛收闔紙傘轉身逃跑，有的甚至連傘都扔了，還忘了收傘，留下一些無人控制的大鬼小鬼。

盧奕翰和夜路不會操傘，也不能坐視野鬼失控，只好花了點時間擊斃那些失控惡鬼，然後急急推著滿載物資的手推車奔出賣場大門、來到街上，卻發現那載著物資和青蘋的廂型車並未停在原本街邊位置，而是歪歪斜斜地橫停在馬路上，車身莫名古怪顫動著。

更遠處，正上演著一場激烈大戰。

十數名傘師將那運動服女孩和化爲壯漢的白色大狗團團包圍，十數隻傘魔凶猛進攻。運動服女孩不疾不徐地舞弄紙傘，白傘螢光流溢，雪白紅頂大鶴高高飛起，大翼搧動，一片片雪白羽毛落花般灑下，跟著飛旋急射，在那些撲來的凶惡異獸、大鬼小鬼身上，劃出一條條刀切傷口。

「吼——」十數隻傘魔慘號著退開一圈，又在後方傘師施術威逼下，再次發動進攻。

「劈。」女孩單手高舉白傘，傘上白鶴張開雙翼，白羽快速紛飛聚合成一柄三、四公尺長，數十公分寬的白羽大刃，轟隆往下一斬。

將一頭撲來的惡獸劈裂貼在地上。

那傘師隨手拋下廢傘，從背後袋中拿出一把新傘。

「怎麼回事？青蘋妳自己開車？哇！」盧奕翰和夜路奔近那廂型車尾，只見車尾兩扇門歪斜敞開，卻多了一面不知從哪兒生出來的古怪鐵欄，青蘋、小八、英武便擠在車內那鐵欄後爭吵不休。

「青蘋，妳別去，妳打不過他們！」英武雙爪揪著青蘋領子，嘎嘎亂叫。

「打不過也要打！」青蘋氣憤罵著：「他們那麼多人圍攻她一個女生，她是來幫我們的，我們怎能自己躲在後頭，眼睜睜看她一個人……」

「她是曉春妹妹呀！」小八嘎嘎地說：「她是阿滿師的孫女、是天才傘師喲！她一個人就能打贏他們全部了。」

「妖車，開門讓我下去！」青蘋抬腳踹著車尾那片擋在歪斜車門內側的腐鏽柵欄。

「小八要我關門……妳要我開門，妖車不知道該聽誰的，嗚嗚……」妖車摀著臉，啜泣起來，像是已經接受小八替他取的名字。

「怎麼回事？這什麼東西？」盧奕翰和夜路來到車尾，愕然望著那鐵欄後頭的妖車，驚駭大喊：「這……這不是北宜公路那時候的寄生怪物嗎？」

盧奕翰當時駕車，親眼見到同行車輛駕駛座裡的協會夥伴，被那寄生怪車竄出的金屬怪物凶猛屠殺的慘狀，此時見青蘋受困車中，立時使出鐵身，一把將柵欄扯開一個大洞。

妖車哎呀呀地喊疼，哭得更大聲了。

「小八，讓開——」夜路喊出鬆獅魔，塞入盧奕翰扯開的那大洞，對準了妖車腦袋，就要擊出吼波，但小八像是沒發現夜路和盧奕翰般，撲拍著翅膀飛在妖車和鬆獅魔之間，對著妖車嘎嘎亂叫：「當然是聽我的呀，你的名字是我替你取的，你想吃餅乾就要聽我的話，婆婆家有好多好多餅乾。你聽我的話，我就請你吃餅乾。」

「笨鳥，不想死就滾開！」夜路收回鬆獅魔，將頭探入鐵欄裡，對著小八破口大罵。

「啊！」小八回頭，見柵欄被盧奕翰扯開一個大洞，又聽夜路罵他，氣得噘起屁股，對著夜路臉上噴了一泡稀屎。

「哇——」夜路捣著臉翻倒在地，像條落水狗般胡亂甩頭，還脫下衣服擦臉。

「奕翰，你們來啦！」青蘋揪著柵欄，急急對盧奕翰說：「別管我，這笨蛋不會傷害我，你快去幫那女孩子——」

「什麼……」盧奕翰轉頭只見馬路那端戰情愈加激烈，十數名傘師儘管操使著不怎麼強的傘魔，但終究人多勢眾，且人人身上都不只一把傘，有大半傘師紛紛張開第二把傘。

「啊，白鶴傘……」盧奕翰望著那運動服女孩，只見她從容不迫地轉動紙傘，操使著傘上白鶴飛旋，忽而揚翼散射白羽，忽而將白羽聚為大刃、大爪，左劈右扒，一時之間，敵方傘魔雖多，卻也難以逼近她。

「吼——」化為巨漢體態的大白狗，手上那把破爛怪傘並未張開，而是當成竹劍抓著，只見怪傘傘身上幾處補丁縫隙滲出奇異魄質，那魄質起初像是泥漿，跟著化為碎石，包裹住整把紙傘，讓整支紙傘看起來像根石棒子——

再跟著，石棒子前端逐漸變得銳而扁，猶如一把武士刀。

「阿毛，別急。」運動服女孩後退一步，解開那大行李箱上的釦鎖，箱身揭開，裡頭竟擺著超過十把紙傘。

「飛——」女孩雙手按著白鶴傘傘柄，像是玩弄竹蜻蜓般使勁一轉，傘上白鶴大力振翅，身上光絲拉著整支傘飛旋升天。

一道道白羽流星般地四面亂射，將大舉衝來的傘魔群再次逼退。

底下，運動服女孩趁這短暫空檔，快速從行李箱中取出一支素白色紙傘張開。

一隻大鬼倏地浮空盤坐在白傘傘頂上，那大鬼一身灰白，無目無鼻無嘴，臉上光滑一片，卻生著十二隻手。

十二手鬼舉起一手，接住自空緩緩落下的鶴傘。

「再飛——」運動服女孩用同樣手法，將這白傘也往空中一拋。

盤坐在白傘上方的十二手鬼輕轉鶴傘，像是代替那運動服女孩操傘般指揮白鶴作戰。

運動服女孩跟著從行李箱中取出兩支桿子喀啦接合，變成一支一百幾十公分的長桿。

四周幾隻傘魔吼聲震天，都想趁這空檔衝過白鶴飛羽、直攻女孩本人，但化爲人形的大狗阿毛凶狠地攔在那些傘魔面前，揮動石棒刀對著傘魔們狂砍猛砸，或是抬腳亂踢。

阿毛劍術顯然不佳，動作生硬、腳步凌亂，但誓死護衛女孩的氣魄，讓阿毛看起來彷彿是個萬夫莫敵的猛將。

運動服女孩舉直長桿，對準緩緩落下的白傘傘柄。

七彩螢光自女孩手上的長桿流溢繞捲，長桿頭端有著能夠嵌裝傘柄的鎖釦機關，螢光捲上鎖釦，喀啦啦地將長桿與白傘傘柄組裝成了一體。

「掃——」運動服女孩雙手持著那加裝上長柄的白傘，橫地高舉過頭轉動起來，長柄傘上那十二手鬼不動如山，依舊盤著腿，打橫著盤旋在長柄傘傘面上，直直舉著鶴傘，那紅頂大鶴飛在最外側，疾振雙翅、白羽紛飛——

遠遠望去，那運動服女孩彷如一個持著長柄大刀的古代武將，在亂軍中旋掃大刀般——長柄傘上的十二手鬼持著白鶴傘，揚翅化出白羽大刃，這掃盪範圍可比古代大刀還要遼闊好幾倍，一些退得較慢的傘魔，不是被白鶴揚動的羽刃斬裂，就是被零星掃射的白羽扎出一身血洞。

「阿毛！虎仔、熊仔。」運動服女孩豎起長柄大傘輕聲一喊，大狗阿毛立刻從行李箱抓出一黃一黑兩把傘，高高往那盤坐在長柄傘上的十二手鬼拋去；十二手鬼接著雙傘，立時一齊張開。

「吼——」「嗷嗷——」兩聲沉重獸吼伴著黑霧黃風，一頭黑熊和一隻大虎自那黃黑雙傘下竄出，一左一右地落在運動服女孩兩邊。

黑熊揮掌扒倒一個撲來的傘鬼，大虎咧嘴咬斷一隻異獸頸子。

「憨牛、笨馬！」女孩再次輕喊，阿毛又將一褐一灰兩把傘拋給那十二手鬼。

刺耳的牛啼馬鳴彷如重型機車引擎般轟然響起，碩大的水牛和剽悍灰馬落在女孩身後左右，轟隆隆橫衝直撞，灰馬一記回身後蹄猛蹬，將一隻小鬼踢足球般踢飛好遠，那力道大得讓後頭的傘師都抓不住傘，給拖飛好一段距離後才摔倒在地；水牛則是如同坦克車般轟隆撞倒兩隻大鬼，再重重踏過他們的身子。

「這不是阿滿師的十二手傘嗎！」夜路還倒臥在地上擦臉，見到遠處那美麗的白鶴和虎熊牛馬，立時大嚷起來：「竟然是她！她是郭家天才傘師、阿滿師的孫女郭曉春！」

那頭，盧奕翰飛身撲倒一個傘師，俐落跨坐上那傘師身子，轟隆兩拳打歪傘師鼻子和嘴巴，跟著再扣住那傘師胳臂，使出一記十字固定，折斷那傘師右肘。

十餘名傘師儘管人數眾多，每人指揮著兩三隻傘魔，但二、三十隻傘魔被前方持著十二手傘的郭曉春打得落花流水，後頭盧奕翰又來勢洶洶，一時之間全然無法應變，被郭曉春和盧奕翰兩人包圍夾殺。

有個傘師一見盧奕翰衝來，立時將傘魔拉近身邊，卻連同傘魔一併被盧奕翰打倒在地，還被折斷了手臂。

數分鐘後，十餘名傘師沒一個站著，他們不是被白鶴飛羽打壞了傘，就是被盧奕翰折斷胳臂或是捶扁鼻子，全躺在地上哀號呻吟，帶來的數十隻傘魔也被消滅殆盡。

「嘿！朋友！妳就是美濃郭家傘師的孫女郭曉春？」盧奕翰朝郭曉春揮了揮手，朝她走去。只見郭曉春飛快拆卸長柄、收闔紙傘，白傘上的十二手鬼也同時將紙傘一一闔上，拋給底下的大狗阿毛放入行李箱裡。

郭曉春那柄白鶴傘倒是未與其他傘一同放入行李箱，而是以特製傘套繫在腰間，有如刀劍一般。

夜路和青蘋一前一後趕來，青蘋對著郭曉春鞠了個躬，感激地說：「謝謝妳幫我，不然我都不知該怎麼辦才好……」

「是我來晚了，好不容易趕上。」郭曉春朝眾人點了點頭，望著前方哀號連連的傘師們，說：「阿公帶我北上支援協會，我聽說穆婆婆死守雜貨店不肯走，想來勸勸她。」

「什麼……」盧奕翰等知道協會在中部打造封鎖線，同時召集與協會要好的各路異能者相助。郭家那位於高雄美濃的三合院大宅地下室裡，收藏著超過千把囚魂傘，一直是四指覬覦的目標之一；由於郭家長期受協會保護，因此每當協會遭遇重大強敵時，郭阿滿也樂於出力相助。

盧奕翰、夜路都與阿滿師有數面之緣，夜路甚至直接登門造訪過郭家大宅，見過郭曉春本人和她那家傳絕技——十二手傘。

兩人本來毫無預期會在宜蘭碰上郭曉春，但聽她說是來勸穆婆婆離開，這才恍然大悟，跟著，卻只能相視苦笑。

「難啊！」夜路搖頭說：「穆婆婆倔強的程度超乎妳想像，如果妳是來勸她走，這可不容易，她這幾天連老朋友都不見了……」

夜路說到一半，只見郭曉春面容尷尬、身子緩緩後退，又見盧奕翰和青蘋也離他越來越遠，這才想起自己被小八噴了一臉鳥屎。一想至此，本來被郭曉春那手神奇傘術分散了注意力，而稍微分神忘卻的極惡腥臭，又一股腦地強據了他整個鼻腔和所有感官焦點。他氣急敗壞地想找小八算帳，一句髒話才剛脫口兩個字，又忍不住彎腰嘔吐起來。

「曉春，好久不見呀！妳來看婆婆啊。」小八和英武一前一後飛來，圍著郭曉春和青蘋飛。

「是啊。」郭曉春向盧奕翰說：「我知道穆婆婆脾氣，但婆婆曾幫助過我，我怎麼也要試一試……我不太會說話，不會和她爭論，所以請安娜姊陪我來，安娜姊腦筋好、能言善道，或許有機會讓婆婆改變主意。」

「安娜！是那個長髮安娜？」盧奕翰又是一驚。「她也來啦！」

「長髮安娜？」青蘋咦了一聲，連忙掏出口袋裡的筆記本，翻到長髮安娜那幾頁——

根據夜路的敘述，長髮安娜是個獨來獨往的異能者，平時的工作就是接受協會的外包案件，賺取酬勞。

她人脈寬廣、手腕高明，甚至連四指、晝之光的案件也來者不拒。自然，顧慮到協會、晝之光與四指之間的恩怨糾葛，諸如暗殺、擄人、強奪珍寶，或是地盤爭奪等會結下深仇大恨的案子，她也世故地推辭不幹。

「等等……這個安娜，就是你說的那個……一開始痴戀你文筆，進而愛上你本人，後來又對你因愛生恨，長年糾纏不休的那個女人？」青蘋望著蹲在路邊嘔吐的夜路，翻過筆記下一頁，上頭寫著安娜與夜路幾段過往情仇——

自然，這些內容，全部是夜路單方面說法。

「什麼？」盧奕翰不可置信地瞪大眼睛，跟著哈哈大笑起來。「他這麼說安娜？」

「呃……」夜路狼狽地自一個倒地傘師身上，搶下他的西裝外套擦頭擦臉。他聽青蘋那麼說，心虛地隨口敷衍。「有些事情很難釐清，也不用太過追究；或許每個人看待事情角度不同，解讀也不同。」

「……」郭曉春則皺起眉頭，好半晌才開口：「這……跟我聽說的情形有點出入，待會見到安娜姊，直接問她吧。」

「安娜也來到蘇澳了？」夜路有些心驚。

「我們來好幾天了。」郭曉春說：「安娜姊在蘇澳幾條要道上都安排了眼線，這兩天進來好幾批人，應該都是四指的殺手，那些王家傘師只是其中一批；安娜姊還在你們車上也安排了眼線——從你們出門，我就遠遠跟著，一得知你們受到攻擊，我就立刻趕來。」

「什麼？」盧奕翰訝然奔到廂型車車尾，指著車尾地板上那露著大半顆腦袋和兩隻手掌的妖車說：「這……這就是安娜安排的眼線？」

「什、什麼？」妖車本來正吃著小八從箱子裡叼出來打賞他的小熊餅乾，見盧奕翰衝來指著他大聲說話，嚇得哆嗦起來、連連搖頭。「眼線？我不知道那是什麼……我做錯什麼了嗎？」

「呃？」郭曉春來到車尾，望了妖車幾眼，搖搖頭說：「安娜姊的眼線，不是長這個樣子……」她說到這裡，朝著車下輕喊幾聲像是暗號的句子，只見廂型車底快速爬出兩個灰灰髒髒的小人偶。

小人偶各自揹著一個灰色小背包，小背包裡插著幾把小紙傘，那些小紙傘外觀像是雞尾酒杯上的裝飾品。

「我們車上竟然藏著這麼多鬼東西！」盧奕翰訝然地說，只見兩個小人偶朝郭曉春眨了眨眼，便又爬回車底。

□

「我沒辦法相信這傢伙。」夜路扠著手，坐在車尾長椅末端，冷冷盯著妖車。

盧奕翰駕著車，不時透過後照鏡，瞧瞧車廂末端的妖車；郭曉春坐在副駕駛座，抱著恢復成狗身的白狗阿毛；青蘋雙臂搭在左右駕駛座椅背上，盡量將腦袋往前探。

所有人像是刻意地盡量離夜路越遠越好。

夜路雖擦去臉上大部分稀屎，但那臭味猶如厲鬼冤魂般纏繞不散。

「夜路，你別欺負我小弟喲！」小八站在駕駛座椅背上，揚開翅膀指著夜路說：「他的名字是我取的，你敢欺負他我就告訴婆婆，要婆婆把你趕出門。」

「小八，婆婆會收留我嗎？」妖車探出地板的雙手十指互握，像是在誠心祈禱。他嗚咽地說：「我……我不會搗蛋，只要給我點餅乾吃就行了……不用很多，每天、不，兩三天給我幾片餅乾……就行了……」

「那豈不是餓死啦？」小八興奮地說：「婆婆的雜貨店什麼都有，餅乾糖果多到吃不完。每天讓你吃一箱都行……啊，不，一箱太多了，讓你吃一盒好了！我跟婆婆說，婆婆一定會答應的，婆婆最疼小八了，小八的朋友，婆婆也會一起疼，婆婆人最好了！嘎嘎！」

「……」盧奕翰駕車同時，不時留意四周動靜。北宜公路協會同伴慘死的模樣還縈繞在他腦海裡，儘管妖車一直是那副可憐模樣，但他一點也不敢掉以輕心。「這次我贊成夜路的說法，我們爲什麼要讓自己置身險境？」

「先回去再說嘛。」青蘋說著，指了指那將車廂塞得密密麻麻的數大箱物資說：「不然這麼多箱東西你要用手推車推回去嗎？」跟著她又說：「妖車躲進這車裡這麼多天，有太多機會可以殺了我們，但他寧願餓著肚子也不對我們出手，你不覺得他其實滿善良的嗎？剛剛要不是他，我一個人可打不贏那些傘師呀。」

夜路哼哼兩聲，說：「或許他那時受傷嚴重，這幾天睡飽了、醒來了，可以開始大快朵頤了。」

「妖車，你吃人嗎？」小八遠遠地問：「要是你吃人，可不能讓你進婆婆店裡了，婆婆會殺了你。」

「我……我才不吃人呢！」妖車臉上那當作眼睛的圓燈和圓錶一個閃爍不休、一個指針亂轉，說：「我哪敢吃人，你們敢嗎？人有什麼好吃的，我想吃牛排、壽司、壽喜燒、炸雞……再不然，便當也不錯，再不然……有小熊餅乾就好了，嗯、嗯嗯，不過、不過……」

「不過什麼？」夜路瞪著妖車。「我可不相信黑摩組那些傢伙，在修煉你們這些怪東西的時候，會用牛排跟炸雞來餵你們。」

「那時、那時候……」妖車歪著腦袋，像在回憶著什麼。「前主人好像常餵我們喝東西……」

「喝什麼？牛奶嗎？」小八說：「我也喜歡喝牛奶，婆婆也常餵我喝牛奶。但我最喜歡喝的，還是婆婆煮的雜菜湯，好多料、好豐富呢。」

「黑黑紅色的湯，有腥味……」妖車喃喃地說：「我們小時候就喝那些湯，當我們長大些，前主人們就將我們放在大肉塊上，我們會伸出尖銳的嘴巴刺進大肉塊裡，吸出湯汁，味道和我們以前喝的湯很像……應該是一樣才對。更後來……」

妖車歪著腦袋回想到這裡，顫抖起來，心虛地低下頭，遲疑地說：「前主人……帶來的那些大肉塊，跟人很像，但又不太一樣……有時少隻手、有時少隻腳，但他們會動、會說話……他們被綁著，他們在哭、不停求饒……我們、我們爬上他們的身子……」

妖車說到這裡，嘎啦啦地搖頭晃腦，劇烈嘔吐起來，哇啦啦地吐出一些黑油和剛剛吃下的餅乾渣。

「這不就是在吃人嗎——」夜路瞪大眼睛，左掌探出頭的老貓有財飛快甩出數條螢光鬍鬚，緊緊勒住妖車頸子，同時鬍鬚兩端纏上左右車頂住的金屬支架，不讓妖車將腦袋沉回車底。

同時，夜路將探出他右掌的鬆獅魔，對準了妖車腦袋，鬆獅魔凶狠地朝著妖車張大嘴巴，散發出的強大魔氣，將妖車嚇得魂飛魄散。

「唔、唔唔……」妖車兩隻圓燈圓錶眼睛，淌下黑黝黝的機油，嗚嗚哭著。「是啊，我也不想呀，我想起來……在很久很久以前……我好像也當過人，我、我……嗚嗚……」

「……」郭曉春皺著眉，說：「四指以人魂修煉這些妖，再餵他們人血，培養凶性。」

「我……我有時會吐，前主人們就會打我，逼我將吐出來的東西吃下去，嗚嗚、嗚嗚嗚……我錯了，對不起，主人、不要打我，我吃就是了，嗚嗚嗚……」妖車腦袋顫抖，兩隻手掌亂扒，將地板上的黑油和餅乾渣撈起往嘴巴塞。「餅乾好吃，比那些湯好吃、比人好吃。不要牛排、不要炸雞、不要便當，只要、只要小熊餅乾就好了，唔唔嘔嘔──」

夜路望著邊哭邊吐邊吃的妖車，知道他或許是那些寄生怪蟲裡的瑕疵品，腦袋裡還留有過往為人的記憶，且凶性似乎並不強盛。但他仍然不敢掉以輕心。「四指有成千上萬種修煉凶靈惡鬼的辦法，煉得失敗了，大概就變成這個樣子。」

「妖車……」小八見妖車此時可憐模樣，心中不忍，但聽妖車說他曾食人血，也嚇呆了，不知如何是好，振翅嚷嚷起來：「四指好壞、黑摩組好壞！爲什麼要做這麼壞的事情？爲什麼要這樣壞？」

「就快到了，下車再說。」盧奕翰將破破爛爛、幾乎解體的廂型車駛入穆婆婆雜貨店那小巷，突然咦了一聲，只見巷裡倒著一批人，同樣西裝筆挺，且地上也散落著一把把破損紙傘。

雜貨店門前，穆婆婆持著竹掃把站在門外。

巷弄當中還站著另一個女人。

那女人面容冷峻美麗、身形婀娜多姿，穿著一身緊身黑衣，一頭烏黑長髮及臀。

巷弄各處、電線桿上、周遭公寓鐵窗上，都站著、攀著一些大鬼小鬼，包括盧奕翰等見過的長腳鬼和矮仔鬼，以及桐兒、梨兒和萍兒等都在其中；有些傢伙手上還揪著不停哀號的傘師。

「啊，那是安娜姊！」郭曉春指著小巷正中央那高挑美麗的黑衣女人，她便是長髮安娜。

「啊！啊啊——」青蘋和盧奕翰則更加訝然，他們見到穆婆婆身旁還站著兩個人。夏又離和孫大海。

「外公、外公！」青蘋幾乎要將身子擠進駕駛座裡，激動地朝前方大喊：「外公——」

「老孫吶——」英武則搶先自車頂上破口飛出，直直飛向孫大海：「你跑哪去啦？這段時間，我們找你找得好苦呀——」

「婆婆！」小八見眾人激動，也跟著激動起來，隨著英武飛出車廂，在空中嘎嘎亂叫：「婆婆，我跟妳說，發生好多事情哪，我交了個朋友，但是他——」

03激鬥音樂會

雨大到了打在皮膚上會產生微微刺痛的程度，大風更將暴雨颳成一幕幕氣勢磅礴的奇異水舞。

摘下戒指的天之籟六人，將張意、長門和紳士團團包圍。

他們臉上露出狂野的笑容，瘋狂奏著樂器，巨大的聲浪蓋過了風聲和雨聲。

雷鳴左手持著太鼓、右手作槌，轟隆隆地拍出彷如雷劈的重鼓，每一記鼓聲都讓張意身子隨之顫抖震動。

越子蹺著腿，坐在口琴吹出的煙霧巨人肩上，陶醉地倚著巨人腦袋鼓氣長吹，巨人一化爲二、二化爲四、四化爲八，整齊搖晃著身子，彷如伴舞。

哲哉仰身吹奏薩克斯風，吹出巨大的蟲雲在空中與大雨一齊暴衝狂捲，還隱隱閃動著紅色電光。

十手十隻手分別持著電吉他、貝斯、烏克麗麗和大小提琴，興奮瞪著長門狂暴彈奏，他那飛快十手和樂器間閃動出的耀眼金光，時而凝聚成巨大刀劍，時而分散成一支支長矛，全對準長門身上各處要害。

大地震動，一道道裂痕自千花座下那白骨鋼琴琴腳裂出，裂縫鑽出一隻隻人骨士兵。

千花不像十手能化出更多胳臂，但卻能化出更多手指——她雙手手掌緩緩變寬、伸出新指，兩手加起來共三十指，飛快彈著人骨琴鍵，彈得激烈忘我，腦袋胡亂擺盪，舌頭甩得像是瘋狗一樣。

齊藤龍二激動唱著詭異的歌，猛地將他手中那人腦麥克風的雙腿一扯，竄長成了麥克風架，兩隻腳板唰地張開，彷如腳架底座。

人腦麥克風雙眼炸出血淚，嘴巴大張喉頭滾動，將齊藤龍二那分不清吼聲還是歌聲的吶喊無限放大。

「真是太糟糕了，一點品味也沒有……」紳士皺眉連連搖頭。「我沒見過這種莫名其妙的樂團，亂七八糟的樂器全混在一起，再加一個鬼叫的主唱，唱什麼鬼東西連翻譯靈都聽不懂。」他一面埋怨，一面從懷間取出一台老舊卡式錄放音機和耳機，由於他右耳掛著翻譯靈，便只將耳機塞上左耳，按下播放鍵，長長吁了口氣。「還是爵士好聽。」

張意儘管被摩魔火塞了兩團蛛絲在耳裡，卻還是讓這四面八方的音浪震得渾聲發麻。不知怎地，他竟覺得這震耳欲聾的音樂並不難聽，齊藤龍二時而尖銳時而沙啞的長吼一聲聲搥著、擊著他的心臟和全身，他覺得自己輕飄飄地彷如在雲端漫步，暈恍恍地舉起雙手想要跟著節拍歡呼，陸然感到頸上一陣刺痛，這才猛然回神，急著大叫：「師兄，你幹嘛又咬我？」

「沒咬你，只是用腳毛刺你。」摩魔火說：「我真咬你，你還能站著說話？沒痛到精神失常就不錯啦！師弟，專心，別被他們的魔音催眠，你看你鼻血流了多少？」

「什……什麼？」張意呆了呆，伸手抹了抹口鼻，只見手上一灘鮮紅——自然，立時便被暴雨沖散。他嚇得驚呼：「怎麼回事？我受傷了？」

「你再不專心，別說受傷，你會被他們的魔音震碎內臟！」摩魔火這麼說，跟著操使張意轉向那持鼓的雷鳴。「就鎖定他了。」

「鎖定？什麼意思？」張意急急地問，他發現分別持著七魂刀刃和刀鞘的雙手仍由自己控制。

「那個打鼓的大個兒啊。」摩魔火拉動蛛絲，讓張意擺出了準備衝刺的姿勢。「讓你來殺。」

「什、什麼……」張意駭然大驚，瞥頭看看長門、看看紳士。

長門緩緩輕彈三味線，銀光在她周身流轉，彷如一尊美麗石雕，她的琴音完全不受四周狂風暴雨和天之籟那激烈樂聲影響。

她一聲一聲叮叮噹噹，奏著風格完全不同的曲子。

紳士輕搖手杖，一手按著耳機，身子搖搖擺擺，不時吹著口哨，像是一點也沒被天之籟和長門兩種音樂，打壞了他欣賞老式錄放音機裡的爵士樂。

「嘿、嘿嘿、嘿嘿嘿——」齊藤龍二長長吸了口氣，大吼幾聲，像是搖滾巨星在演唱會間奏時在舞台上邁步遊走，帶動氣氛喊話吆喝；天上的蟲雲、四周的煙霧巨人和人骨士兵，彷彿都成了他的歌迷，舉手配合他的腳步拍手歡呼。

一大群人骨士兵擁到齊藤龍二面前蹲下，有的伏地拱背、有的胳臂交搭，疊出一座人骨小台，讓齊藤龍二踩上那小台，舉著麥克風大喊：「高潮要來啦——」

六個人，大隊人馬，開始往長門等人逼近。

「喝啊——」雷鳴雙眼一瞪，發出比手太鼓更加響亮的烈吼，用拋鉛球般的姿態原地轉了兩圈，重重猛拍一下鼓，轟出一頭墨黑色的大虎——

大虎本來朝著張意撲去，卻不知怎地撞進一座憑空竄出地面的大鐵籠裡，籠門轟隆關閉，還扣上幾把大鎖。

越子笑著指揮煙霧巨人隊往前撲衝，突然身子一震，那煙霧巨人踩進一處地洞，地洞裡像是有著捕獸夾，挾著巨人腳板不放。

哲哉彎腰吹奏薩克斯風，天上蟲雲撲天蓋下，撞上不知何時搭蓋出來的玻璃屋頂——一片片玻璃爆炸碎裂，那些碎片卻不是往下落，而是霰彈般往上炸射，千萬枚玻璃渣射過千萬隻飛蟲，將那兒半空炸出一片奇異紅霧。

千花指揮的人骨士兵大隊向前衝鋒，突然骨牌般地一個個撲倒，那些人骨士兵的腳下不知何時被鎖上了連環鐐銬，一個鎖著一個，還鎖著人骨鋼琴一隻琴腳；一整隊衝倒在地的人骨士兵將那人骨鋼琴往前拉出好一段距離，最後啪嗒一聲，琴腳扯斷，鋼琴轟隆傾斜砸地，千花瞪大眼睛，崩潰般尖叫起來。

「真的，高潮要來了。」紳士不知何時又坐回他那高腳椅，椅後還張開一支大陽傘，他捏捏鬍子，甩甩身上雨水，手晃了晃，不知從那兒捏出一杯熱紅茶，輕啜一口，呼了口氣。「少了塊起司蛋糕。」

紳士這麼說的同時，面前立時豎起一張高腳小圓桌，桌上那小白盤上擺著一塊三角起司蛋糕。他滿意地笑了笑。「這就對了。」

「齊藤少爺這麼渴望掌聲，我幫你。」紳士捏起起司蛋糕輕咬一口，持著那鑲鑽手杖，在桌面橫豎比劃幾下。「送你一大群瘋狂粉絲。」

「歡呼、安可、擁抱、合照、要簽名喲——」紳士一口吞下半塊蛋糕，揚起手杖在空中劃著圈圈，他身旁左右也竄起各式各樣的大小石雕，隨著紳士手杖指揮手舞足蹈起來。

一大群美女石雕舉著石製筆記本，圍上哲哉、雷鳴和越子，露出一副索討簽名的模樣；一大群小童石雕攀上千花那人骨鋼琴，扳玩著一個個琴鍵。

一時間天之籟眾成員得一面分心擊碎那些石雕，一面重整旗鼓往長門圍去——這麼一來，他們便無法全心演奏，有時拖拍、有時走音，本來激昂熱血的曲調變成了時快時慢的古怪曲調。

「別停，別讓它們影響我們的音樂！」齊藤龍二憤怒叫罵、鼓胸一吼，人骨麥克風淚流滿面，身前那十數個撲來擁抱的歌迷石雕紛紛崩裂炸碎。

十手撥揚五把樂器，操使數把金刀切碎面前幾尊撲來的大石雕，突然感到雙腳一緊，低頭一看，竟是好幾座從地面竄出的半身雕像，一齊張開胳臂抱住他雙腿。

他憤怒掙扎踢腿，石雕胳臂開始崩裂，但一座石雕裂碎，另一座石雕又抱來；左腳石雕剛裂，右腳又被抓個正著。

他憤怒一吼，彈弦操使金刀要去斬那些石雕，眼前一道道銀光打來——一直不動如山的長門終於發動攻勢，這一動，就是千軍萬馬之勢。

十手五把樂器同時疾彈，撥出數不清的金刀光矛往長門打去。

長門陡然止步撥弦，銀流化爲一條長鎖，倏地將迎面竄來的光刀金矛捆成一束，銀流另一端唰唰打進地上，將大把金矛全鎖在地上。

十手五把樂器的金刀力量，是長門那銀流鎖鏈的好幾倍，只被鎖住數秒，便崩斷銀鎖，重新揚開。

但僅僅數秒，已足夠讓長門竄過他身邊，持撥飛快兩劃，切斷他小提琴的琴頸和電吉他上六條弦。

「喝——」十手憤怒大吼，急急撥彈剩下的三把樂器迎戰，突然發現大提琴聲音古怪，低頭一看，竟是個尿尿小童石雕，拿著根石棒子，有樣學樣地拉扯大提琴弦，他怒罵一聲，伸手捏碎那石雕小童。

只這麼一瞬間，他眼前銀光乍起，長門再次竄到他面前——長門不放過任何一個微小契機。

激烈的金光銀光交撞爆炸，十手將那貝斯、烏克麗麗和大提琴催拉出排山倒海的音浪，長門也將三味線彈得如同萬箭齊發的箭雨，在這短兵相接的瞬間，長門和十手一口氣交鬥了上百弦音。

長門身形如電，飛快繞著十手遊鬥，十手扛著數把樂器，加上雙腿受制那些半身石雕，速度遠不如長門，他不停奮力轉身，但仍逐漸抓不著長門身形位置。

轟——

一道銀光飛梭打在他的烏克麗麗琴身上，將那烏克麗麗炸得弦斷琴裂。

十手還沒來得及反應，底下一群尿尿小童石雕舉著小石鎚和小石斧，對著他那名貴大提琴亂敲亂砸，將那大提琴四根弦全都割斷。

十手連發怒的時間都沒有，他眼角瞥見身旁銀光再起，只能全心撥彈貝斯迎敵；但這次長門不再游擊，而是正面硬衝，十數柄銀刃在她背後竄起，砲彈似地朝十手炸去。

十手在損失四把樂器的情況下，勉強彈奏貝斯喚出的十柄金刀，在一陣金銀光爆後，全被長門的銀刃架開或是擊破；唰的一聲，他按弦的左手被一道銀光齊腕斬飛——那隻手也是他戴戒囚禁指魔的手。

十手慘嚎一聲，指魔之力飛快退散，全身激烈顫抖，那額外長出的八手開始痿縮，一把把毀壞樂器紛紛落下，被尿尿小童石雕你爭我奪地搶去把玩。

銀光閃耀，十手腦袋隨即飛天。

長門沒有浪費分毫時間，下一刻，她的身影已竄至十數公尺外，揮動銀撥劃開了越子的咽喉。

鮮血噴濺在那撲搶上來的雪白石雕臉上身上，令那些石雕更加瘋狂，它們抓住了越子的手和腳，往不同方向拉扯起來。

「安可、安可、安可、安可——」紳士吃完起司蛋糕、一口喝盡紅茶，躍下高腳椅，還戴上一副特大號耳罩，那耳罩大得像是卡通影片裡的滑稽造型道具；他彈著手指，搖著手杖，跳著踢踏舞，往那被大群石雕擾得氣憤狂怒的齊藤龍一晃去。

「可惜呀可惜，見面不如聞名。」紳士搖頭晃腦地說：「你父親齊藤鬼兵，可是日本響噹噹的大人物，怎麼兒子成了這副模樣？嘿，你戴著翻譯靈嗎？你聽得懂英文嗎？」

「閉嘴——」齊藤龍二憤慨轉身，對著紳士飆罵出一連串由各國語言組成的髒話，然後操著道地英語腔調怒吼：「別在我面前提我父親，我是我，他是他——」

「齊藤鬼兵喲，看不出來，你兒子，英文很好喲——」紳士轉了個圈，彎膝弓腰，用花俏的小碎步跳著踢踏舞，一面彈著手指，一面將他那鑲鑽手杖當成麥克風，模仿著齊藤龍二的高音腔調哼起歌來。「可是，他的歌，好難聽，噪音喲；他想要自立門戶，但是他的團員，頭都飛上天了喲——」

紳士唱到這裡，哲哉的腦袋也飛離身體，在空中轉了無數個圈，底下一群石雕舉起白臂去搶哲哉的頭，像是演唱會上的痴狂歌迷瘋搶樂團成員拋下的水瓶毛巾一般。

接連擊殺越子和哲哉的長門，踩過幾尊石雕，落在千花面前。

「長……門！」千花尖號著，大力彈奏那前腳折斷的傾斜人骨鋼琴，音波凝出一隻隻骷髏士兵，前頭的人骨士兵和蜂擁而來的石雕群揪打成一團，後頭的人骨士兵挺起長矛擺出防禦陣形。千花邊哭邊笑，厲聲說：「妳忘記我們了嗎？我們小時候是好朋友呀——」

「……」長門沒有反應，停步急彈十數記輕重音，在三味線音箱前凝聚出數股銀團；跟著她猛力撥弦，銀團飛梭射出，在空中化為銀矛，穿過一個個石雕或是人骨士兵，磅磅磅地射進千花那人骨鋼琴琴身中。

極為寶愛那人骨鋼琴的千花倏地站起，朝著長門咧嘴尖吼，繞過琴身想將銀矛拔出，但長門急轉音調，銀矛在琴身中凝聚成銀球，跟著嘩啦變形，在琴身各處炸出一朵朵銀花——人骨鋼琴咖啦啦地裂散傾垮。

「長門——」千花拔聲厲吼，五官噴出黑煙，嘴巴張得彷彿能夠吞下兩個男人拳頭那麼巨大，甩出口外的舌頭長達十餘公分，利齒暴長得有如銳刃，張揚著雙臂往長門衝來。

個頭嬌小的長門要比人高馬大的千花矮上近四十公分，但她接連踩過兩尊石雕的腿彎和肩背之後飛蹦起來，在空中猛彈三記低音，兩道銀光在她身子左右躍起，如同兩張盾牌，擋下千花抱來那雙長手大爪。

第三道銀光斜斜地自下往上撩，猶如一記上勾拳，倏地轟上千花下巴，將她整個人轟得騰空浮起，滿嘴利齒交撞崩裂，那條淌在口外的漆黑長舌也因此啪擦一聲給她自己咬斷，甩上了半空。

磅——

千花雙腳尚未著地，臨空躍來的長門那弓起的膝蓋便落在她鼻梁上，將她重擊墜地，往後滾了好幾圈後才眼冒金星地試著掙扎起身。

她右手摀著嘴，左手本能地撐地想要起身，但卻撐了個空，又撲倒在地——她的左手已經沒了，是長門落地時補上一記飛快銀刀，斬飛她用以囚禁指魔的左手。

「看來我的戲分都給搶光啦。」紳士優雅搖晃身形，儘管他眼睛來回盯著長門和張意，但仍能輕鬆避開身前齊藤龍二窮追不捨的一記記猛擊。

齊藤龍二手中那拉長了腿骨的人骨麥克風，此時如同長柄兵刃，腳板能作銳爪，腦袋和嘴巴能濺出猛毒，加上他憤怒至極一波又一波的吼音。但不論齊藤龍二如何追、如何吼，就是碰不著紳士一根寒毛。

跟著，紳士陡然停下腳步，笑嘻嘻地盯著齊藤龍二。

齊藤龍二高舉人骨麥克風，本來要往紳士腦袋上砸，卻陡然轉向，將人骨麥克風掃向竄近他身後的長門。

長門像是早有準備，仰身閃過麥克風腳架銳爪，同時急彈兩弦，撥出一把銀流大剪，喀嚓一聲將這人骨麥克風那雙長腳剪斷。

人骨麥克風慘號哭叫，齊藤龍二反應也快，立刻吸飽了氣，大嘴一張就要飆吼鬼聲。

長門速度更快，揚手一挺在齊藤龍二嘴裡塞了個東西——千花的斷手。

齊藤龍二瞪大眼睛，他本吸足了氣，鼓足全力、鬼聲已經催動，但他嘴裡給塞著斷手的下一瞬間，咽喉也讓長門銀撥劃開巨大裂口，以致於他瞪眼吼出的，不是那催魂魔吼，而是漫天血雨。

另一邊，張意在摩魔火操縱下持著七魂追斬雷鳴。摩魔火本想讓張意練刀，但見他完全不懂砍人，又不想讓畫之光夥伴瞧扁，只好仍操縱著他身體，希望至少搶下一顆腦袋。

雷鳴臉上青筋盡露，每過幾秒，他都能逮著一個將張意腦袋轟掉或是開腸破肚的大好機會，但總是會讓從地上竄起的石雕拐著，或是讓自空落下的盆栽砸個正著。

一面古怪霓虹招牌自張意背後立起，再唰地往前砸倒，那橫式招牌掠過張意頭頂，轟隆砸在衝來的雷鳴臉上。

招牌上的燈板爆裂、燈泡一顆顆炸開，還閃動著電光火花，同時雷鳴腳下升起一座小小的旋轉舞台，台上豎起幾尊小石雕，前後左右抱住雷鳴雙腿，讓他身子隨著舞台轉動。

「喝——」雷鳴大吼幾聲，憤怒拍著手上太鼓，太鼓竄出一團團黑氣，黑氣凝聚成異獸，又通通被四面八方落下的鐵籠子和捕獸夾鎖個正著。

「師兄！七魂不是這樣用的……」張意急急叫嚷，他雙手被摩魔火以蛛絲控制，持著七魂亂殺雷鳴。

「不然七魂應該怎麼用？這是武士刀，不斬不刺，難道拿來敲鼓？你這沒用的小子，我要你跟長門小姐一人殺一半，你連半個也殺不死！」摩魔火趁著雷鳴讓那旋轉舞台困著，操縱著張意幾刀砍在雷鳴後背和腰肚上，卻覺得雷鳴背骨堅硬如鐵、腰肚上的油肉又韌又黏，好不容易拔出七魂，見刀刃上沾染著一層紅黑髒油。

「吼——」雷鳴回頭朝著張意發出獸吼，像是憤怒到達頂點，他幾步掙碎腳下那些石雕，躍下旋轉舞台朝張意撲去，但腳甫踩著地面，又被一個怪異捕獸夾咬個正著。

「就是現在！」摩魔火逮著了這好時機，操縱著張意挺起七魂，一刀刺入雷鳴咽喉，刀尖自他頸後穿出。

摩魔火拔出七魂，雷鳴轟隆一聲跪倒，腦袋歪歪斜斜，雙眼已然無光。

「哈！贏了！師兄，我宰了一個四指！」張意興奮嚷嚷，突然發現雙手已能動。

「什麼你宰一個，這隻是我宰的！」摩魔火氣呼呼地罵。「把他腦袋斬下，我就睜隻眼閉隻眼，算你通過剛剛的考試。」

「什……什麼！」張意連連搖頭。「你要我砍他頭？我……我……」

「你什麼你！」摩魔火操縱張意雙腳，來到成跪姿死去的雷鳴身旁，說：「你不是說七魂不是這樣用嗎？你現在用給我看，教教我七魂該怎麼用！」

「不，我不是這個意思，我……」張意支支吾吾，在摩魔火威逼下，也只好將七魂高舉過頂，顫抖地望著眼前的雷鳴屍身。

另一邊，長門提著齊藤龍二的腦袋，來到喪失了指魔之力、虛弱掩嘴伏地的千花面前，將齊藤龍二的腦袋抛在千花腳邊，撥了撥指弦，肩上的神官立時翻譯：「你們從來都不是我的朋友，以後也只會是我的獵物；回去告訴齊藤鬼兵，我會斬下他那醜陋的頭，就像現在斬下他兒子的頭一樣。」

千花還沒應答，就讓長門撥出的銀流連同齊藤腦袋捆成一團，甩出國小校門，轟隆撞進那貨櫃車車廂裡。

長門默默地望著遠遠自貨櫃車車廂裡蹣跚爬出、捧下貨櫃車的千花，捧著齊藤龍二的腦袋，驚恐蹣跚地奔逃跑遠。

那頭，啪嚓一聲，張意將七魂斬進雷鳴後頸，但他不懂使刀，角度、力道都拿捏不對，這一刀沒能斬斷雷鳴脖子。

「哎喲……要練刀怎麼不看看時間，現在可不是好時機呢。」紳士拍拍手，操場上竄出新石雕，紛紛捧起那些天之籟成員屍身和樂器，往後方校舍走，幾尊石雕圍在張意和雷鳴身旁，像是等著這練習結束趕著要打掃場地一般。紳士捏起身旁竄起的高腳桌子上的一杯紅茶，喝了一口，不耐地盯著張意舉刀背影。

「噫——」張意猛地拔出七魂，再次舉起，準備再斬，但突然見到雷鳴頸部那切口突然擴大，啪嚓一聲，腦袋往下一垂，鼻端幾乎要貼在胸口——

一顆詭異獸頭自斷頭處竄出，骨碌碌地轉動碧綠眼睛，瞅著張意詭異一笑。

「退開——」紳士瞪大眼睛，拋下紅茶瓷杯，揚起手杖，張意腳下那銀光圓陣立時飛快旋動。

在耀目銀光中，張意見到本來呈跪姿的雷鳴，已經高高竄站在他面前，且體型變得更加碩大，衣服也迸裂成一塊塊碎布，露出的體膚生出一叢叢黑毛——幾處被七魂斬過的傷口長出古怪肉瘤。就連始終抓在手上的太鼓，也被他那凶猛大手捏得變形。

轟隆一聲，一座鐵籠自雷鳴頭頂罩下，將野獸化的雷鳴囚進籠中，但下一刻雷鳴就撕開鐵籠，撲向張意，揚開兩隻粗壯大爪，拍蚊子般地往張意腦袋拍合——被自張意腳下那銀光圓陣豎起的兩道銀牆擋下。

下一秒，雷鳴腰肋兩側竄出兩隻漆黑獸爪，往張意身軀抓去，也被紳士揚杖挑起的兩尊銀色雕像牢牢抱著。

再下一秒，雷鳴肩上竄出的兩隻黑色獸爪，則被長門撥弦彈來的銀刀斬落。

但再下一秒，雷鳴胸口竄出的第三對大爪，由於被雷鳴巨大的身軀遮著，紳士和長門都沒能在第一時間察覺。

第三對大爪直取張意心窩——

被一張彷如石牆般的左掌擋下。

灰色巨大左掌後方，唰地勾來一記灰色巨大右拳，攔腰打在雷鳴側腹上。

七魂發動，伊恩斷手藍眼睜開。

漆黑的無蹤落在張意和雷鳴兩人中間，閃電疾出十數拳，在雷鳴那壯碩獸體上打出一個個凹坑。

無蹤拳腳未歇，上方一把狙擊槍俐落抵進雷鳴的獸頭嘴裡，轟隆一槍將那獸頭後腦炸開一個大洞。

跟著幾十張符劈里啪啦貼上雷鳴全身，霎時電光、毒霧、火焰、冰椎一股腦地自雷鳴身上炸出。

儘管張意離雷鳴僅一步距離，但卻沒讓那亂炸的雷冰火毒傷及一分一毫——那張攔在他面前的巨大蛛網，替他擋下了那陣撲面而來的星火流彈。

「老大，你太寵師弟了，應該叫明燈老師塞張符進他嘴裡。」摩魔火攀在那握著七魂刀鞘、碧眼大張的伊恩斷手上，此時他全身火毛柔順得如同絨毛玩偶，摩挲著伊恩手指，說：「老大你終於醒了，你再不醒，我都不知怎麼在大家面前替這小子說話了。」

「辛苦你了，摩魔火。」伊恩的聲音自那斷手上發出。

四周水窪映著另兩路出戰夥伴的身影，他們也能同時見著這操場上的戰情。

所有人都睜大了眼睛。

坐在降頭師屍體上的拉瑪伸急急站起，奔向巷弄裡一處圓形反光鏡下，舉起裹著紅布的右拳，沙啞地吆喝起來。

摀著下體蜷縮在橋下的龐克飛蹦起身，撲在一台廢棄電視機前大叫大嚷，飛舞著他那把摺疊刀。「是我！伊恩，你記得我嗎？天才刀手龐克！現在東岸我負責——」

醫院裡蠱姑和巫師分別坐在漆黑病房裡兩張長椅上，兩人各自朝著兩具儀器螢幕點頭示意；角落那蠱姑的小孫子，摟著他那古怪小狗，揚手向天花板處的電視機揚起掌中五色斑斕的小蜘蛛，那是巫師送他的禮物。

病房外，趕來支援的陳順源、盲婆婆等，猶在病房外頭廊道追殺那些降頭師放出的群妖惡鬼，他們紛紛對著身旁的窗揚起手上武器。

「伊恩老大！」吳楓拋出白繩鐮刀，劈進窗邊一隻惡鬼胸口，興奮地說：「我叫吳楓，我有能力勝任夜天使，請你——」吳楓還沒說完，就讓踏著黃金山豬橫衝直撞的盲婆一把提走。

一旁的陳順源揚起一把符，那些符咒像是生了眼睛般，貼上撲來的十餘隻厲鬼眉心，讓厲鬼們紛紛炸裂了腦袋。

結界據點大廳也發出了陣陣歡呼，圍著圓桌的清原長老和淑女也站起身來，他們能夠直接從圓桌上那立體影像見到校園操場上的情景。淑女雙手一張，張意的身影被放大至整個桌面，從大廳裡的人的視線看去，張意就像是縮小一半之後，整個人踩在桌子上一般。

「能夠再見到七魂發威，真是令人振奮……」清原長老仰頭望著桌上張意投影手中那七魂和伊恩斷手，喃喃地說。

紳士來到張意面前，持杖拄了拄地，四周立時迅速變化。先是豎起四支石柱，跟著啪噠噠地搭起一座屋頂，底下竄起一張石桌和三張石凳，幾尊白色石雕托起熱騰騰的毛巾，幫張意和奔入這小石庭裡的長門擦拭身上雨水。

「伊恩，你多久後會再閉眼？」紳士端起石桌上的石壺，在四只小石杯裡注滿熱茶，盯著伊恩那斷手，皺著眉說：「你現在只有一隻眼睛，沒有嘴巴？」

「我一隻手塞不進那麼多東西……」伊恩斷手儘管無口，依舊能夠發出陣陣苦笑聲。

「長門昨天和你們說明過了，我的移魂術出了差錯，每天能夠睜開眼睛的時間有限，不到緊要關頭，我盡量不現身，否則要是耗盡了斷手力量，有可能壓制不住七魂，情況會非常糟糕……」

「明白。」紳士點點頭，手杖一揚，身旁立起一面石板，上頭浮現出會議大廳裡清原長老和淑女等人的樣貌，此時各路人馬透過紳士淑女這奇妙結界裡各種螢幕、玻璃、鏡子、水窪等平面，互相見著彼此身影，甚至聽見聲音，就像是展開一場臨時視訊會議。

張意將伊恩斷手連同七魂擺上石桌，接過石雕遞來的毛巾擦臉，還偷偷望了望身旁的長門；只見長門一面望著石板上的會議畫面，一面托著神官，以毛巾替他擦拭濕漉漉的身子。

「所有人聽好。」伊恩繼續說：「我知道你們有許多話想對我說，但我這隻眼睛隨時都會閉上，清原長老，用最快的方式告訴我你們現在的計畫——」

「地鼠計畫。」清原長老揚了揚手，背後豎起幾面寬大的白紙螢幕，螢幕閃動的景象是張意和長門進入這地底結界時穿過的地道，裡頭伏著許多隻大大小小的貘。

「貘能食夢，也能造夢。」伊恩問：「你們想打造類似黑夢的結界，以夢制夢？」

「是的。我們計畫在那彷如巨城的黑夢地下，造出四通八達的地道，讓我們的人能夠在黑夢範圍裡自由行動。」清原長老指了指大廳四周，說：「紳士淑女造出的這個結界，乍看之下像是企圖反攻的防禦工事，但實際上只是誘餌，目的是誘使黑夢壓境；我們在結界地底深處埋入許多沉睡中的貘，那些貘會在這誘餌結界淪陷一段時間後醒來，像地鼠一樣挖掘出結界地道。」

「我們的人在這結界地道裡不受黑夢影響，而黑摩組的人進入地道，則無法使用黑夢的力量。我們會試著引誘他們誤闖地道，踩進我們設下的百種陷阱、獵殺他們，同時尋找受困的夥伴，最後攻入黑夢核心。」清原長老頓了頓，繼續說：「雖然我們還不完全確定黑夢眞正的核心位置，但已經鎖定幾個地點，其中可能性最高的，是西門町裡一棟中古商業大樓。」

「貘雖能造夢，但在黑夢範圍內，那些地道眞的能夠發揮效力？讓我們的人不受黑夢影響，且讓他們的人無法使用黑夢？」伊恩斷手上的獨眼眨了眨。

「伊恩。」清原長老笑了笑，說：「我知道你親身體驗過黑夢的力量，知道黑夢的強大與可怕；但培育出這些貘的迪奇家族，對黑夢的了解，或許還在你之上。」

「祕魯的迪奇家族？」伊恩獨眼微微綻放出光芒。

「你們受困的這段時間內，我們動員了全部力量，甚至對幾處四指據點發動強攻，付出了慘痛的代價，但也獲得許多重要情報，進而大致拼湊出四指整個黑夢計畫的由來——原來他們企圖打造一個吞天食地的結界計畫已長達百年以上，歷經好幾任頭目，期間他們將這計畫保密得滴水不漏。」清原長老繼續說：「直到十年前四指新舊頭目內鬥，原本的黑夢研究團隊被四指新任頭目奧勒裁撤大半，那些被強擄去協助研究的異能者和妖魔們幾乎全數被處死，所幸只是幾乎——」

「迪奇家族是現世除了四指黑夢計畫相關成員之外，世間最了解黑夢的一批人——過去某支他們的遠親家族，曾被四指擄去協助研究黑夢。四指並不知道當時那些人，與現在迪奇家族的親戚關係。」清原長老說到這裡，頓了頓，手指朝著背後紙幕畫了個圈，只見紙幕立時出現變化，浮現出一個三、四歲小女童的樣貌，那小女童睜著一雙晶亮大眼，攀在一頭大貘背上，在甬道中來回巡視，不時伸出小手，摸摸經過身邊的其他大貘、小貘的腦袋和屁股。

張意和長門互視一眼，他們初入這結界時，在結界甬道中見過這小女童。

「那時少數幾個逃出四指研究據點的強韌傢伙們，將迪奇家族被強擄去協助研究的族人長輩們的親筆信，交到迪奇家族手中。」清原長老繼續說：「迪奇家族一向保持中立、與世無爭，他們雖然不捨親族長輩受到的折磨痛苦，但也害怕得罪四指惹來滅族之禍，因此長年保守這個祕密；他們暗暗按照遠親長輩們的親筆信，研究培育這些貘——這些貘，本來應當是當時四指用以造夢的首選之物，但後來四指似乎找到更好的替代品，簡單來說，這些貘甚至可以算是現在黑夢的『原形』，或是『前身』。」

「兩年前，迪奇家族的決策權轉移到新任族長手中。那位族長，可是位堅毅強悍的女士。她過去便曾主張將這情報交予協會，只是一直遭到掌權的家族長輩反對，當她得知夜天使身陷黑夢後，終於決心與我們聯絡，協助我們對抗黑夢——現在迪奇家族暫停了家族中幾個繁殖場全部的工作，投入全部資源，替我們培育源源不絕的貘，還派出他們家族第五代天才馴獸師參與我們的行動。」清原長老說到這裡，揚手一揮，身後那紙幕畫面裡的小女童本來一直將臉埋在懷中大貘的頸際，此時突然昂了昂頭，躍下貘背，走至一只鐵盆前蹲下，好奇地用手指攪著鐵盆裡的清水——那本來只是作爲貘的飲水，此時卻變成了小女童藉以窺視張意等人的螢幕。

「小迪奇。」伊恩斷手上那琥珀色獨眼眨了眨，閃爍幾下湛藍光芒，盯著石板畫面上那小迪奇說：「迪奇家族的恩惠，我伊恩會刻在心上。」

「……」小迪奇蹲在鐵盆旁搖頭晃腦，偶爾用手指攪和盆中清水，還不時拉著身邊的大貘、小貘，摟著牠們嘟嘟囔囔不知講些什麼，也不知究竟有沒有聽懂伊恩的話。

紳士捏捏鬍子，接在清原長老之後，說：「當然，這些貘造出的結界，與現在黑摩組使用的黑夢在力量、細節上，必定有所差異，但我們在黑夢某些邊緣地帶進行過許多次試驗，這些貘確實能夠造出與黑夢相接融合的開口，甚至增生出極爲相似的建築。他們或許很快會發現在他們那巨大的黑夢巨城地底，出現一些類似黑夢的奇妙地帶，且相當致命，他們或許會嘗試一舉消滅這些貘和地道，但同時也會發現這並不容易。」

「這些貘是迪奇家族精心打造出來的奇獸，牠們一旦甦醒，每天能造出幾十公里長的地道結界；且牠們具有驚人的生育能力，我們將牠們兩兩配對，假如不死，每兩週就能產出一胎新生小貘，每隻小貘在兩週內，就會長成能夠造夢、生育後代的成年大貘——」紳士繼續說：「我們的後勤夥伴們，現在在其他地方仍持續將一隻隻貘埋入地底，令牠們暫時沉睡。這些貘還有個特點，就是以夢爲食，黑夢對牠們而言可是珍饈美食；在我們設想中，其中最糟糕的情形，就是即便現在在伊恩你面前的我們全數戰死，我們埋入地底繁衍而出的一代代小貘，以及迪奇家族往後持續送來的新貘，也能落地生根，一口一口地吃垮黑夢，這也算是我們送給那些躲在遠處看好戲的協會懦夫們，最後一份臨別禮物。」

「這樣未免太便宜那些傢伙了。」伊恩哼哼笑著。

「我也這麼覺得，只不過當時我們沒有別的選擇了。」紳士挑了挑眉說：「在地鼠計畫裡，我們沒有替在場的人安排後路，這個結界裡的所有人，全是準備進入黑夢救援夜天使的敢死隊，當黑夢壓境時，我們會分批帶著貘，進入地底事先規劃好的暫避地帶，躲藏一段時間，等待其他貘一批批甦醒之後，各自展開行動——這是我們原本的想法，而現在，情況改變了。」

「因爲我們還沒行動，首要目標就已經實現了。」清原長老說：「就是找到伊恩你。」

「我們所有人都相信你能帶領我們走向更好的目的地。」紳士拿起一杯紅茶，向伊恩斷手舉了舉。「能夠再次聽到你的聲音，實在太美好了，比起司蛋糕的滋味更美好。」

「別太抬舉我。」伊恩苦笑。「看看我現在的模樣，我只剩一顆眼睛，連與你乾杯都沒辦法……」

伊恩說到這裡，斷手獨目突然緩緩閉合。

眾人靜默了好半晌，也等不著伊恩再次睜眼，這才意識到伊恩那斷手的力量似乎比想像中更爲薄弱。龐克、拉瑪伸、瑪麗等人本來興奮激昂的神情逐漸轉爲失望。

「各位。」紳士喝盡杯中紅茶，長長吁了一口氣，說：「不論如何，情形也不會比幾天前更糟，不是嗎？」

「是啊。」拉瑪伸甩臂伸展，解開綁在拳頭上的紅布條，說：「如果伊恩沒有其他意見，我那路計畫照舊，夥伴們或許還在等著我們。」

「我也是……」龐克張著腿，原地跳了跳，還瞪了一旁的瑪麗幾眼，說：「伊恩能夠回來，表示我那些兄弟也有機會回來。」

「倒是還有一件事……」紳士捏起一片餅乾放入口中，看了看張意，再看看長門，淡淡笑了笑：「我們也想聽聽伊恩親口說句話。」

04晚餐時間

廚房外頭轉角那處小小的、昏暗迷濛的用餐空間，多擺了張小方桌。

原本較大的方桌圍著夏又離、盧奕翰、夜路、安娜、郭曉春和阿彌爺爺六人；小方桌則坐著孫大海、青蘋和穆婆婆三人。

夏又離雙手纏著厚實繃帶，費力地用兩隻手挾著湯匙舀飯往嘴裡塞，最後一道菜端上來約莫三分鐘，席間所有人倒是不多話，各自埋頭吃飯，偶爾抬頭稱讚一下彼此的手藝。

此時已是傍晚，距離午後盧奕翰將那破爛廂型車駛回雜貨店外，見到東倒西落的傘師和滿地破傘，已經過了好幾個小時。

在大夥兒會合的當下，自然是驚喜哄鬧到了極點。青蘋又哭又笑地撲向孫大海，孫大海紅著眼眶拍著青蘋腦袋；夜路和盧奕翰左右拉著夏又離鬼吼鬼叫，三人一狐雞同鴨講半天，總算明白他身體裡那硯天希仍瘋癲得誇張；郭曉春向穆婆婆恭謹地行了個禮，和安娜交談幾句，這才知道安娜帶著被桐兒、梨兒、萍兒捕獲的夏又離和孫大海來向穆婆婆請安，卻正好撞著浩蕩逼近的傘師大隊，聯合附近那些守衛，三兩下便將這批來敵擺平。

這批傘師聽從黑摩組的指示來到宜蘭蘇澳，聯合其他四指隊伍，四處襲擊宜蘭各地止戰區，一連數日，終於輪到了穆婆婆雜貨店。

他們並不是不知道穆婆婆雜貨店外守著一批孤魂野鬼，他們不知道的是，在長髮安娜抵達之後，僅花費數日，就將三小娃、矮仔長腳這批熱心雞婆卻慌張無助的孤魂野鬼們，整合成一支信心滿滿的守衛團隊。

不久前桐兒、矮仔鬼等接連上雜貨店嚷嚷、甚至投信在穆婆婆家門外信箱裡這些舉動，全是安娜出的主意。

在她安排之下，這批老鬼朋友們按照自身專長，有些負責巡邏、有些負責盯梢、有些負責埋伏、有些負責後勤、有些等待時機聽命突擊；在那批旗鼓張揚的傘師隊伍前進到距離雜貨店還有兩公里時，安娜就已經收到了她安排在遠處各大路口偵查的小娃娃們傳來的警示。

那是些各式各樣的娃娃，有日式長髮木偶娃娃，也有洋娃娃，甚至是芭比娃娃；這些娃娃在安娜指揮下，與其說是眼線，更接近一支迷你軍隊——這是長髮安娜獨門絕技之一——偶術。

那時，安娜正忙著替夏又離將脫臼的手指拗回原位，聽他講述來龍去脈，對那硯天希的叫罵不理不睬。安娜一收到傘師來襲的消息，立刻下令對那些來襲傘師展開突襲。

這批向雜貨店進軍的傘師隊伍，可比圍攻青蘋和夜路那路夥伴狼狽太多，他們在巷弄中被突然衝出的野鬼猛襲在地，有些傢伙甚至連傘都沒來得及打開，就給敲昏倒地；那些開了傘的傘師們招出的傘魔，不是被安娜擊斃，就是被穆婆婆一掃把打得爆裂。

比起青蘋見著了孫大海的欣喜激昂，盧奕翰、夜路和夏又離碰頭時的振奮鼓舞，穆婆婆和孫大海見著彼此時，便只是簡單地向對方點了點頭，寒暄幾句。

接下來的數小時裡，雜貨店裡的氣氛可熱鬧得好似年節喜慶，盧奕翰和夜路一面整備著一箱又一箱的物資糧食，一面跟夏又離交換彼此這冒險過程中的點點滴滴，還不時安撫著他身子裡的硯天希。

硯天希像是有永遠用不完的罵人台詞，從長髮安娜罵到孫大海、從穆婆婆罵到青蘋；自然，他們整備物資的房間離穆婆婆洗菜備料的廚房有一大段距離，夜路和盧奕翰也任由她說。

青蘋則像是早準備好了見到外公時的責難講稿，但才講了幾句就抽噎起來；她先指責孫大海一直瞞著她許多事，再指責孫大海自作聰明，那脫逃計策一點也不高明，害得她疲於奔命，跟著又繞回頭指責孫大海瞞著她許多事……大哭一頓之後，這才笑嘻嘻地和孫大海聊起這段時間裡的各種見聞奇遇，以及那操使神草技術。

所有人很有默契地沒有提及穆婆婆和孫大海的過往交情，在眾人聚集時，夜路、盧奕翰和青蘋偶爾眼神交會，有時會甚有默契地瞥瞥孫大海和穆婆婆，但什麼也沒說。

孫大海和穆婆婆就只像是兩個舊識長者，孫大海會開朗地招手說話，穆婆婆也只是客氣地點點頭。

忙碌的整備和久別相逢的酣談之後，大夥兒開始準備晚餐，孫大海見盧奕翰和夜路這些天搜刮而來的生鮮食材大多是能夠久存的根莖蔬菜，便向英武討了些「新鮮肥料」滋潤神草百寶，跟著施咒讓百寶樹長出一堆古怪果實替大夥兒加菜——一顆顆葫蘆狀的各色果子切開之後，有些像是鮮肉、有的像是生魚、有些像是水果。

穆婆婆廚藝老練，用這些魚肉果實煮出一大鍋豐富的雜菜湯和兩道菜；孫大海手藝也不含糊，自告奮勇跟著炒出兩道菜；長髮安娜用夜路等搜刮而來的罐頭，也生出兩道菜；最後是盧奕翰端出一大盤自己炒的九層塔炒蛋。

經過戰鬥、相逢、忙亂、哄鬧之後，所有人像是耗盡電力的玩具般，再也沒力氣說話，各自埋頭大吃，偶爾起身到鄰桌挾點菜。

「穆婆婆。」安娜首先打破了寂靜，她一身像是科幻電影裡的殺手緊身勁裝，但優雅舉止卻像是大集團裡的高級主管。她以面紙拭了拭嘴，指了指坐在對面的阿彌爺爺，說：「我想向您借這老鬼一用。」

「啊？」穆婆婆皺了皺眉，說：「那老鬼又不是我的東西，跟我講幹啥？自己問他呀。」

「嗯？」阿彌爺爺吃得滿嘴油，見安娜望著他，還不知發生了什麼事，左顧右盼半晌，說：「怎這麼多人呀？這是哪啊？」

「大家正在吃飯，在商量怎麼打黑摩組呀。」夜路這麼對阿彌爺爺說，跟著望向安娜：「妳想讓阿彌爺爺做什麼？」

「協會的人告訴我，你們曾經傳過一些古怪文字給他們。」安娜說：「他們一直分不出額外人力去研究那些東西，我要來看了一下，那些文字應該是四指的某種特殊文字。」

「什麼？」夜路和盧奕翰呆了呆，說：「妳看得懂那些字？」

「當然看不懂。」安娜微笑說：「但我聽說你們在四號公園靠著這老鬼擋住了黑夢——如果我沒猜錯，那東西應該是四指外流的黑夢研究手記。」

「哇！」夜路用手肘撞了盧奕翰一下，說：「安娜都猜得出來的東西，你們會不知道？你們上頭分明讓我們自生自滅……」

「就說人手不夠啊！情況緊急、等待救援的夥伴又不只我們……」盧奕翰無奈地攤了攤手。

「據說四指一直有個結界計畫，歷經幾任頭目都沒有完成，這過程中四指不但自己擁有一支團隊，且四處拉攏甚至綁架各地奇人異士、小妖大魔去協助他們研究，漫長的過程裡外流出某些手記、機密情報什麼的也不足爲奇——老鬼這些東西，應該就是過去協助四指研究的妖魔外流出來的筆記。」安娜這麼說：「且也不能怪秦老他們不重視你們這條情報，現在各種小道消息滿天飛，號稱與黑夢機密有關，甚至眞能產生效用的祕方也不只這老鬼這本筆記，他們早把資料通報給倫敦總部，讓他們鑽研破解，秦老、何孟超那些傢伙，現在光是忙中部封鎖線跟救援受困黑夢的協會成員，就幾乎耗掉他們老命了。」

安娜喝了口水，將話題轉回雜貨店周遭情勢：「現在，我在雜貨店外幾十條大街小巷裡布下天羅地網。但我那雕蟲小技用來嚇嚇不專業的傘師可以，但碰上黑夢，肯定不堪一擊。我需要老鬼的陣法配合，把那紙紮防線化爲銅牆鐵壁，這麼一來，勝機就出現了。」

「老太婆不值得你們這樣勞師動眾。」穆婆婆哼了哼，瞪著安娜說：「妳轉告協會的秦老，我的心意從沒變過，別把資源耗在我這間破店上，不值得。」

「穆婆婆，妳誤會了。」安娜說：「協會這次發給我的案子，不是來勸妳走，也不是要來保護妳，是來給黑摩組迎頭痛擊。」

「給黑摩組迎頭痛擊。」穆婆婆瞪大眼睛。「就憑妳這丫頭？」

「我也不知道辦不辦得到。」安娜淡淡笑著說：「但萬事具備下，確實有點機會。」

「什麼機會？說來聽聽。」盧奕翰說。

「黑摩組那幾個傢伙本身力量強大，但還沒到天下無敵。」安娜說：「他們現在能夠呼風喚雨，靠的仍然是黑夢的力量——你們還記得在四號公園那時候，黑夢並不是全面壓過整個中永和，而是一直線前進，對吧？黑夢擴張需要能量，除非得到巨大的能量，否則要翻山越嶺來到宜蘭，只能集中力量線狀推進，那麼一旦黑夢的路線被截斷，會發生什麼事呢？」

「最前面的人……」夜路說：「就沒黑夢可用啦。」

「如果他們沒結界可用，但我們有。」安娜說：「這算不算是一種勝機？」

「呃！」盧奕翰和夜路相視一眼，總算明白安娜的意思。先前他們和阿彌爺爺研究那黑皮書，爲的只是打造一座不受黑夢侵襲的堅城。但按照安娜的說法，倒像是想要打造一處陷阱，讓黑摩組倚賴黑夢深入前線之後，再切斷黑夢供給，讓前線的黑摩組成員無法使用黑夢，相對地穆婆婆等人卻能仗著古井結界與之一戰。

「……」穆婆婆眉心緊蹙，儘管她對安娜等人的多事感到煩躁，但此時聽安娜這主意，倒像是認眞考慮起她的提議。

「我研究過附近每條大街小巷，在雜貨店外圍築起一圈紙紮城，等黑摩組長驅直入、攻進雜貨店之後，我發動老鬼手記裡的法術，讓紙城化爲鐵壁，就能切斷黑夢。」安娜繼續說：「失去黑夢力量的黑摩組成員，就只剩一身蠻力了，那時情勢就變成我剛剛說的有利局面──他們無黑夢可用，但我卻能躲在我的長髮結界裡打他們。」

「那些傢伙幾乎成魔，他們光靠蠻力，就能殺光你們。」穆婆婆冷冷地說。「妳和外頭那些雞婆的鬼傢伙們，通通難逃一劫。」

「我見情況不對，會先帶著曉春開溜。」安娜笑了笑說：「我只要多拖住黑摩組一分，都算是穆婆婆減輕一點負擔，也替協會打造中部封鎖線爭取到更多時間；至於外面那些雞婆的鬼傢伙逃不逃得了，我無法控制，畢竟他們本來就想要陪著婆婆您赴湯蹈火。總之我會盡力讓外面那些雞婆們的犧牲，顯得更有價值些。」

「……」穆婆婆默然不語，靜靜扒著飯，若有所思。好半晌見孫大海放了個堆滿菜餚的盤子到她面前，愣了愣，問：「你做啥？」

「看妳只扒飯，挾些菜給妳呀。」孫大海笑呵呵地說：「別想太多，現在有大家幫妳守這間老屋，有協會撐腰，黑摩組打不進來的。」

「誰要你們這些傢伙雞婆！」穆婆婆瞪大眼睛，重重放下碗，氣呼呼地說：「老太婆這把年紀還怕進棺材？」

「我們知道穆婆婆妳心意已決。」安娜笑著說：「我剛剛說得很清楚，我這次接手協會這案子，目的就是趁黑夢擴張時絆他們一腳，替中部封鎖線爭取更多時間；順利的話，說不定還能宰掉黑摩組一、兩個重要傢伙，他們核心五人掌握著黑夢的力量，安迪應該不會將這力量下放給其他人，他們人數一少，行事分身乏術，到時候我們要反攻，也會輕鬆點。」

「是啊、是啊。」孫大海呵呵笑著，將一塊切片果實挾進穆婆婆碗裡。「吃看看這果子，根本就是肉。」

「你又做啥！」穆婆婆將那切片果實挾起扔在桌上，說：「孫大海，老太婆想吃自己會挾，還要你來餵？」

「外公，你安靜吃自己的飯菜就好啦。」青蘋與孫大海和穆婆婆同桌，她心想孫大海或許還不知道穆婆婆先前早將過去他們相識經過和大家說了，此時孫大海笑呵呵地扮老紳士，卻沒顧慮到穆婆婆或許會感到窘迫。

夜路和盧奕翰相視一眼，誰都不敢吭聲，一旁的郭曉春和安娜不曉得穆婆婆和孫大海那過往故事，但都知道穆婆婆脾氣，便也不好插嘴。

「婆婆、婆婆！」小八本來和英武窩在角落吃飯閒聊，聽他們說話，便突然開口：「妳不是都叫他『孫小海』？怎麼變成『孫大海』啦？那樣有一天我小八會不會變成大八吶？那樣的話……」

「小八子，誰要你多嘴——」穆婆婆猛地一跺腳，四周壁面轟隆出現幾道裂痕，又瞬間恢復。

「婆……婆婆、婆婆……」小八儘管搞不清狀況，但總也知道穆婆婆當眞發怒，一下子嚇傻了，張開翅膀搖頭晃腦，不敢再多嘴。

四周寂靜無聲，盧奕翰和夜路僵硬地挾菜扒飯，連互使眼色都不敢。

孫大海尷尬地搔頭抓耳，本想說幾句輕佻笑話緩頰，見青蘋對他皺眉瞪眼，便也不敢開口。

「臭老頭子老不修，一把年紀還想勾搭老太婆，碰了一鼻子灰，笑死我啦，哈哈——」一陣清脆笑聲自夏又離喉間發出。

所有人的目光盯住了夏又離。

穆婆婆站了起來，雙眼怒光閃動。

「不，不是我……」夏又離連連搖頭，摀著喉嚨，低聲怒斥：「天希，妳閉嘴……」

「我爲什麼要閉嘴？大家都在吃飯，就我沒得吃，說話都不行？」硯天希哼哼地說：「我在看老頭子勾搭老太婆呢，好有趣呀……」

「啊啊——」夜路和盧奕翰一左一右站起，拖著夏又離胳臂將他架離摺疊桌，往外頭拉。「小子，你病得不輕。」「該吃藥啦——」

「那小子身體裡的狐魔受黑夢影響，精神錯亂，穆婆婆大人有大量，別和她計較。」

安娜吸了口氣說。

「丫頭，妳真有本事斷那黑夢？」穆婆婆緩緩坐下，繼續吃起飯。

「方法就是我剛剛講的。」安娜說：「不過如果和穆婆婆合作，應該會更順利。」

「小丫頭拐一大圈子彎。」穆婆婆冷冷地說：「只是想說，就算那些傢伙沒有黑夢，妳的結界也困不住他們，但老太婆這雜貨店可以，對吧。」

「婆婆英明。」安娜呵呵一笑，說：「切斷黑夢之後，黑摩組成員只剩一身蠻力，但那核心五人，光憑蠻力就能打得我們外面那些人雞飛狗跳；但穆婆婆的結界裡卻有著源源不絕的古井魄質，如果我們先將他們誘入婆婆結界，再切斷黑夢，那時候情勢將會反轉，穆婆婆能夠仗著結界力量，在雜貨店裡和他們一決高下。」

「……」穆婆婆默默扒著飯，似乎正思索著安娜的提議，她雖不讓孫大海挾菜到她碗裡，卻也不排斥挾孫大海遞在她面前那盤菜，好半晌後才開口說：「如果妳真能截斷黑夢，老太婆也盡力試著宰掉他一、兩個人，誰也不欠誰；成功的話，所有人通通給我滾，再也別來煩老太婆。」

「是。」安娜淡淡一笑，點點頭。

「小八子……」穆婆婆說：「吃得飽些，待會有事讓你做。」

「啊！」小八本來被穆婆婆發怒嚇得變成一隻尋常笨鳥，此時聽穆婆婆喊他，立時又興奮聒噪起來：「好棒啊，小八又要出任務了！」他這麼喊，還倏地飛入廚房，忙亂半天，提出一堆瓶瓶罐罐，有豆腐乳、辣椒醬、醃黃瓜、酒釀大蒜，將之通通倒入雜菜湯裡，吸哩呼嚕吃了兩大碗，還對英武說：「兄弟，這次你幫忙嗎？」

「我也幫得上忙？」英武嘎嘎地說，也啄光一大碗雜菜湯，這兩隻鳥的食量比一般成年男人還大些。

「你絕對能。」小八嘎嘎地說：「你的本事跟我不相上下。」

05石室裡的供詞

「原來穆姊和你們提過這段事啊……」

廚房裡，吃完了飯的孫大海和青蘋，在流理台前洗著碗，孫大海聽青蘋簡單講述穆婆婆的敘述，笑著說：「怪不得她害臊哪，嘿嘿。」

「外公……」青蘋見孫大海語氣輕佻，皺著眉說：「穆婆婆年紀大了，你講話收斂點，別讓她老人家難堪，你臉皮厚，婆婆和你不一樣……」

「哎呀。」孫大海瞪大眼睛，說：「所有人都可以說我臉皮厚，就妳跟妳媽媽還有妳爸爸不能說。」

「爲什麼？」青蘋問。

「如果我沒這張厚臉皮，怎麼娶得到妳外婆？」孫大海煞有其事地說：「我沒娶著妳外婆，又怎麼會有妳媽媽？沒有妳媽媽，妳爸爸大概只能娶個醜八怪，生出個醜丫頭。所以追根究柢，妳能生得這樣可愛漂亮，全靠我這張厚臉皮。」

「這種惹人生氣的廢話你在穆婆婆面前可一句都別講！」青蘋臭著臉斥責孫大海幾句，跟著又問：「對了，當初你眞的將穆婆婆那舊情人的魂收進了樹裡？」

「我怎麼知道。」孫大海攤攤手：「那大樹種子確實有收魂效力，但那時我們剛煉出種子就種進井裡，沒有經過長時間實驗，效果如何，很難說得準；再加上當時她那舊情人死去也有好一段時間啦，種子入土時，那傢伙的魂究竟在不在井裡都不知道呀……」

「如果……」青蘋說：「我是說如果，穆婆婆那舊情人的魂，眞的在樹裡，外公你有辦法將樹和魂一起移走嗎？」

「我能移樹，甚至能將樹還原成種子，但我不懂移魂。」孫大海搖搖頭說。「要是大頭目在，或許有辦法，至少他那眼睛肯定瞧得出那傢伙的魂究竟還在不在樹裡……」

「大頭目？」青蘋不解地問：「什麼大頭目？」

「晝之光的大頭目呀。」孫大海說：「他是天才中的天才，如果黑摩組那些傢伙不是仗著黑夢逞威風，大頭目一個人殺他們五個都不稀奇！要是他年輕點，我可眞想把妳嫁給他啦……只可惜……」

「可惜什麼？」青蘋本來順口問問，但突然皺起眉頭補上一句：「還有，我說外公啊，我要嫁給誰是我自己的事，你千萬別像英武跟小八一樣多事，我會像穆婆婆一樣翻臉給你看。」

「可惜他變成了手啦。」孫大海嘆了口氣說：「他打算把晝之光頭目這位置，讓個窩囊小子接手……嗯，妳說英武怎麼多事了？」

「他……」青蘋翻了個白眼，搖搖頭說：「算了我不想講，你也別問。」

「英武，你怎惹青蘋生氣啦？」孫大海拉長聲音喊：「英武——」

「叫你別問啦！」青蘋說：「他們現在忙著逼供呢……」

「逼供？逼什麼供？」孫大海不解地問。

「就是今天那批傘師啊。」青蘋說：「穆婆婆囚著他們，想從他們嘴裡問出些黑摩組的情報；之前也有一批怪傢伙們，被穆婆婆囚到現在。」

「穆姊要逼供關英武什麼事？」孫大海又問：「那傢伙什麼時候學會逼供了？」

「……」青蘋說：「大概是小八教的吧，不過說到頭來也和你有關。」

「又和我有關了？」孫大海說：「我可沒教他逼供，我只教他拉屎；我教他拉屎是爲了替我的花花草草施肥；我將培養這種拉屎鳥的方法也教給了穆姊，讓她能養那大樹。」

「沒錯啊。」青蘋做了個鬼臉，說：「他們就用屎來逼供。」

「屎怎麼逼供？」

「要是有人綁著你，撐開你的嘴，準備將屎拉在你嘴裡，你說是不說？」青蘋翻著白眼說。

「哇，這麼有趣！」孫大海哎呀一聲，沖了沖手，將水關上。「怎麼不找我一起幫忙？我知道怎麼讓英武拉出天底下最臭的屎。」他邊說邊往外頭跑，跑到一半又折回來，問：「他們在哪逼供？」

「在底下的牢房。」青蘋指了指地下，說：「別叫我帶你去，噁心極了，我一點也不想看。」

「妳別看，我看就行啦。」孫大海拉著青蘋往外走，非要她帶路，又問：「妳說上一次也有批人被穆姊逮著，那問出什麼？」

「什麼也沒問出來。」青蘋無奈地說：「那些傢伙瘋了，好像是腦袋裡被扎著針，不但不嫌臭，連痛也不怕；穆婆婆問了幾次，也懶得再問，現在只是關著他們，偶爾丟點剩菜剩飯養著他們。但這批傘師看起來正常點，或許能問出什麼情報。」

青蘋拗不過孫大海的催促，帶著他走出廚房，在曲拐廊道繞走半晌，經過一條向下小梯，來到一處像是地牢的長廊，長廊兩端是一扇扇門，牆上有著小鐵窗，有些怪模怪樣的傢伙抵在那鐵窗後頭，朝青蘋和孫大海咧嘴怪笑或是破口大罵。

「只有這兩個傢伙沒瘋。」青蘋在經過其中一扇門時，指了指牆上那鐵窗。「不過婆婆也沒問出什麼東西，只知道他們大哥叫張意，婆婆問了一些人，也不知道張意是誰。」

「什麼，張意？」孫大海啊地一聲，停下腳步，小心翼翼地湊近那鐵窗，往裡面瞧。只見裡頭囚著兩個年輕人，各自躺在石床上，一動也不動地發著呆。

凌子強和阿四。

「怎麼了？你知道張意？」青蘋咦了一聲。「他是誰？」

「可能只是同名同姓……」孫大海攤了攤手：「我認識的那個張意是個窩囊廢，妳將來要找老公，可別找那種傢伙。」

「我說過那是我自己的事。」青蘋瞪大眼睛，拉著孫大海往窄道深處走。只見英武和小八佇在窄道盡頭一扇半掩小門外頭的支架上，小八傷心哭著，英武忙著安慰他。

「怎麼啦？」青蘋走到那支架下，抬頭問他們。

「婆婆不讓我幫忙，嗚嗚……」小八傷心欲絕。

英武插嘴解釋：「那些傢伙嘴巴一點也不硬，被安娜拿出的小娃娃一嚇，什麼都說了，小八硬想湊一腳，才放個屁就被婆婆轟出來了……」

「廢話，人家都招供了，你們還想拉屎，那不連婆婆也一起臭了嗎！」青蘋推開門，只見裡頭是間碩大石室，穆婆婆窩在石室裡一間藤椅上，冷冷望著石室正中那個被綁在椅子上的女人。

長髮安娜站在那受縛女人面前，郭曉春、夜路和盧奕翰則在一旁共同圍著那女人；其餘傘師則一個個被綁住手腳，盤坐在石室角落。

受縛女人的大腿上，站著一個人形娃娃。那娃娃頭髮也長，幾乎和身高一樣長，左手拿著叉子，右手拿著小刀，齜牙咧嘴地瞅著女人笑。

「問出什麼了嗎？」青蘋走到夜路身邊，低聲問：「這些人是什麼來頭？」

「這女人叫王鳳鳴，妳或許聽過她爸爸。」夜路說：「王家大房的王鴻源。」

「嗯，我知道，我聽夜路和奕翰說過王家。」青蘋取出隨身筆記本，翻到王家傘師那幾頁，說：「一開始我也嚇一跳，不曉得那種家族大企業竟然也是日落圈子裡的一分子……」

王家在台灣家大業大，是個家族財團；同時，在日落圈子裡，王家也是大名鼎鼎的傘師一族，與高雄美濃的郭家分庭抗禮。

而那郭家卻不像王家是大型企業、兒孫枝開葉散。郭阿善將郭家傘術一脈單傳給郭阿滿，郭阿滿再傳給自己的孫女郭曉春。

兩派傘師宗族相比，不論是勢力、財富、人丁等等，王家都比郭家強盛了千百倍。但這些年王家三房彼此爭權內鬥，甚至勾結四指，最後被黑摩組一舉併吞，滿堂兒孫死得七零八落，現在整個王家都變成了黑摩組底下一支附庸勢力。

「是啊。」盧奕翰指著被綁在椅子上的王鳳鳴說：「她說她在她爸爸重傷失勢之後，跑去國外深造，本來不想再和日落圈子扯上任何關係，但前陣子她收到黑摩組的威脅，不得已才回來替黑摩組訓練傘師部隊。她帶領的這些傘師，大多是過去王家集團的員工。都是些外行人，所以不堪一擊。」

「威脅，什麼威脅？」青蘋問。

夜路睨著眼睛盯著王鳳鳴，說：「她說黑摩組將她爸爸和她弟弟當成人質威脅她，她不得不聽從黑摩組的命令行事——這是她單方面的說法，是不是真的，我不曉得。也許是說謊也不一定。」

「是……是眞的！」王鳳鳴聽夜路這麼說，急急辯解：「我本來在國外過得好好的，若不是爲了我爸爸和弟弟，又何必回來蹚這渾水，我根本不想跟婆婆爲敵，根本不想跟你們這些人扯上關係！」

「別扯遠了。」安娜說：「妳說再過十天，黑摩組就會對穆婆婆的雜貨店發動全面進攻，那又何必提前派你們過來送死，損兵折將，甚至被俘虜後洩露重要情報給我們？」

「我們幾百名員工現在都在黑夢裡替他們打造囚魂傘。資質好一點的，就被訓練成打手，被派去攻打各地止戰區結界，一時找不到目標打，他們甚至會要我們分邊互打，甚至跟其他四指成員對打……他們根本不缺人手，也根本沒把我們當成他們的一分子。在他們眼中，除了核心五人和某些重要合作夥伴之外，其餘傢伙都是用也用不完的消耗品，甚至是玩具……」王鳳鳴說到這裡，角落那群傘師紛紛露出淒慘神情。

「這倒很像是鴉片、阿君那些傢伙的作風。」夜路對盧奕翰說，盧奕翰嗯了一聲點點頭，他們都曾經被黑摩組「玩過」，知道那些傢伙性情扭曲的程度。

「至於……他們爲何不擔心我們失敗受擄之後洩露了重要情報？那是因爲我們這種嘍囉根本沒有什麼重要情報可以洩露給你們……這次他們派人四處騷擾游擊，一來想破壞協會企圖消滅各大止戰區的計畫，二來只是想讓那些歸順他們的四指殺手找點事做而已……他們並沒有特別下令要我們攻打婆婆，只是……我本來以為，如果能在其他人馬之前搶點功勞，或許……或許……」王鳳鳴說得有些支吾。

「或許能提高你們在黑摩組裡的地位？」夜路說。

「我不稀罕什麼地位……我只想立點功勞，討他們歡心，或許能讓我爸爸和弟弟……獲得比較好的待遇，他們現在……真的很慘……」王鳳鳴說到這裡，抽噎幾聲，跟著抹了抹眼淚，望了穆婆婆一眼，心虛地撇開頭，說：「過去……我曾見識過婆婆這結界的厲害，知道進了雜貨店，便絕對不是婆婆對手，但如果在外頭、在街上，或許有機會……」

「妳覺得把老太婆騙出雜貨店，就能擺平我？」穆婆婆遠遠窩在藤椅裡，哼哼冷笑幾聲。

「是，但我失敗了……」王鳳鳴垂下頭。「我不知道婆婆在雜貨店外，還安排了伏兵……」

「哎喲！」穆婆婆瞪大眼睛，重重拍了下桌子，說：「妳應該要謝謝那些雞婆，要不是他們搶在我前面動手，真惹毛老太婆親自出馬，你們就算保下小命，將來大概也要坐輪椅啦！」

「是……是……」王鳳鳴頭垂得極低，暗暗拭著淚。

「如果穆婆婆這麼容易對付。」夜路哈哈笑著說：「那他們五人隨便哪個過來就行啦，也不用讓黑夢翻山越嶺啦，傻瓜。」

盧奕翰接著問：「妳說他們十天後才攻宜蘭，那現在他們在幹嘛？」

「現在……他們正忙著對付其他敵人……」王鳳鳴說：「那些人好像藏在三重一帶，聽說是四指的死對頭……黑摩組這幾天都在計畫對付那些人，等解決那些人之後，才會全力對付你們。」

「四指的死對頭……」夜路和盧奕翰互望一眼，說：「除了協會之外，就是畫之光了。」

「畫之光！」孫大海插嘴說：「在黑夢裡時，大頭目說畫之光在市區外圍部署屬了一些據點，帶著我們往西邊走，就是三重方向。」

「我們問了老半天，得到的情報就是十天之後，黑摩組會對我們發動全面進攻。」夜路扠著手，在王鳳鳴身邊繞著圈，若有所思地說：「十天呀十天，這數字是真是假呢？如果我是安迪，就故意派個女人過來，詐降兼鬼扯蛋，說是十天之後打過來，但第七、第八天半夜就殺過來，殺你們個措手不及！」

「我……我根本不懂這些爾虞我詐……」王鳳鳴急急辯解：「我已經將知道的全講了，他們確實跟我說先解決三重的敵人之後，就要轉攻蘇澳，時間差不多就是十天之後！至於他們背後有沒有打其他主意，或是會不會早幾天晚幾天，這我真的不知道……他們也不可能告訴我……」

「如果真是假情報……他們也未必要讓妳知道。」夜路皺眉扠手地在王鳳鳴身後繞來晃去，說：「總之，這女人的話大家可別照單全收。」

「不論是真是假，我們只要假設他們隨時都有可能出其不意打過來就對了。」安娜對夜路說：「大家動作要加快，今天晚上我就要弄懂老鬼那抵抗黑夢陣法的原理，儘快完成最外圍的城牆，再來研究應戰細節。」

「你們還有什麼想問的，自己問吧，她不答，娃娃會讓她回答。」安娜說到這裡，看看錶，轉頭準備離開。

「後面交給我了。」夜路嘿嘿笑地繞到王鳳鳴面前，像是還想問些什麼，突然感到脖子一緊，勒得他透不過氣，原來是安娜不知什麼時候也放了隻娃娃在他後背上，那十來公分大的娃娃以長髮勒著夜路脖子，騎馬似地扭轉夜路腦袋，逼他跟上安娜。

「你得來幫忙研究那老鬼的陣法。」安娜走到那石室門口，回頭對夜路說：「對了，剛剛曉春私下和我提到，你向新朋友介紹我時，有些地方好像跟事實有點出入，對吧。」

「不、不不……」夜路反手去抓背後那娃娃，卻怎麼也抓不著，他喊出了鬆獅魔和有財幫忙，但那鬆獅魔嗅了嗅娃娃身上氣味，只是伸出舌頭舔了娃娃幾口；有財則是搓著手，賊乎乎地望著安娜。

「又見面啦，可愛的老貓。」安娜嘻嘻一笑，從口袋中掏出一袋褐色粉末，揭開來倒了些碎粉在手上，遞向有財。

「哇——」有財像個餓死鬼見著美食般，抱著安娜纖手磨蹭舔舐起來——安娜倒在手上的碎屑粉末，是俗稱「貓大麻」的木天蓼，能讓貓產生興奮欣快感，他吐舌喵嗚叫著：「好久沒見安娜姊姊，我想死妳了呀——夜路這窮鬼只給我吃便宜的爛草，我要是跟著妳該有多好？」

「你們這兩個吃裡扒外的傢伙……」夜路氣急敗壞地朝著鬆獅魔和有財唾罵。

穆婆婆像是看膩了這吵嚷鬧劇，臭著臉起身，突然呆了呆，微微昂起頭。跟著，其他人也察覺了異樣，紛紛靜下，都抬起頭。

一股雄厚魄質毫不掩飾地自這地牢上方溢散開來。

穆婆婆揚手一揮，石室壁面立時出現一扇小窗，窗面上是雕花玻璃，隱隱可見窗後站著一個身影。

小窗揭開，所有人哇地一聲，只見那人是夏又離，但頭上一雙狐狸耳朵和後臀那條狐狸尾巴時隱時現。

「哈哈哈！」硯天希的聲音響亮地自夏又離的嘴巴發出：「我終於搶回身體啦——」

「啊！」夜路和盧奕翰大嚷起來：「糟糕！天希又發作啦——」

「誰？」小窗那頭房間裡的夏又離身體裡的硯天希，像是聽見了夜路和盧奕翰喊聲，在房中翻箱倒櫃起來，一會兒揭開小櫃、一會兒踢翻大椅，急躁罵著：「我聽見有人說話，臭小子，你聽見了嗎？」

夏又離的聲音隱隱自他胸口透出：「天希，不要再鬧了，快把身體還我！」

「還你個屁，這身體是我的！」硯天希哼哼地說：「孫大海呢？他把我的百寶樹偷哪去了？快把那老頭找出來，叫他把百寶樹還我，我要出去玩！誰要窩在這又黑又暗的鬼地方吶——」

「啊呀！」孫大海聽硯天希那樣說，忍不住回嘴叫嚷：「那百寶樹什麼時候變妳的啦……」

「啊！在這——」硯天希那雙狐狸耳朵抖了抖，倏地湊近小窗，盯著地牢這頭叫嚷起來。「哇，你們全躲在鏡子裡幹嘛？出來——」

原來穆婆婆這小窗，連接著夏又離身處房間裡的一面小鏡子。

硯天希掄著夏又離的拳頭，往那鏡子猛擊一拳，轟隆將鏡子打得四分五裂——石室這頭，夜路等人只見夏又離那拳頭揮來之際，小窗便倏地消失。

「那臭小子到底有什麼毛病！」穆婆婆瞪大眼睛，怪罪起孫大海：「你帶那神經病來我這兒幹啥？」

「那……那困在小伙子身體裡的狐狸，可是大狐魔硯先生的女兒呀。」孫大海連忙解釋：「我們在黑夢裡碰上他們，大夥結伴同行好一段路，他們替協會做事，我們算是同一陣線的，只是……」

PuncH

「是呀，天希是百年狐魔，跟黑摩組安迪有不共戴天之仇，本來是我們的強大夥伴，只是……」盧奕翰和夜路你一言我一句地開口解釋：「天希受到黑夢影響，變得瘋瘋癲癲，不受控制……」

「硯先生……」穆婆婆儘管脾氣臭，但聽到硯先生的大名，也不禁一愣。「我這小廟沒辦法伺候那大前輩千金，她不想待在老太婆這小店裡就滾吧！」

穆婆婆說到這裡，又揮了揮手，現出一扇小窗，只見這小窗外是雜貨店結界裡曲折綿長的廊道，只見硯天希正操使著夏又離的身體，沿途闖入每間房，在裡頭翻箱倒櫃，喊著孫大海。

硯天希踹開一扇門，陡然見著外頭竟是雜貨店外的防火小巷——

這是因爲穆婆婆不想和她糾纏，直接縮短了結界路徑，讓硯天希早點離開雜貨店。

「滾吧。」穆婆婆的聲音自硯天希後方發出。「小狐狸，去找妳爸爸，老太婆這破爛小店不是妳這大千金待的地方。」

「你們別老是躲著說話，給我出來啊！」硯天希哼哼地說，沒有踏出店外，反而轉身回頭去找其他房間，一副非要揪出孫大海，將那能生出肉味果實的百寶樹搶到手不可。

「啊呀！」穆婆婆見硯天希竟然不走，反而回頭繼續糾纏，一下子不知該說什麼。

「真是麻煩，先搞定瘋狐狸吧。」安娜搖搖頭，彈了彈手指，夜路背上那玩偶立時收去長髮，躍下地，跟在安娜身後奔出石室。

後頭，夜路和盧奕翰也一前一後跟上幫忙，孫大海、青蘋、郭曉春緊隨在後。

「怎麼了？怎麼了？」小八在石室廊道外盤旋飛繞，見眾人匆忙奔過，嘎嘎問著：「發生什麼事了？」

穆婆婆最後走出石室，關上石室小門，揚手接著飛來的小八，臭著臉氣憤唾罵：「這些小王八蛋毛病一堆，真的想活活氣死老太婆呀——」

□

「臭小子，孫大海在哪？他把百寶樹藏在哪？」硯天希問。

「我怎麼會知道……」夏又離的聲音無奈而疲憊。「天希，求求妳別再鬧了……」

「我哪有鬧？」硯天希氣憤地用夏又離的拳頭搥打夏又離的胸口。「你說我和你是戀人，那為什麼老是幫著外人跟我作對？」

「我哪有幫著外人跟妳作對？」夏又離無奈地答：「他們都是我朋友，也是妳朋友，只是妳通通不記得啦。妳受到黑夢影響，腦袋變得不清楚，現在大家聯手幫妳對付黑摩組安迪，偏偏妳一直搗蛋，跟大家唱反調。」

「誰跟他們是朋友，那些傢伙我一個都沒見過！」硯天希氣呼呼地罵：「你說他們要幫我對付黑摩組安迪，誰是黑摩組安迪？幹嘛要他們幫我對付他，我一個人對付不了他嗎？」

「安迪……唉喲，我的天吶，妳連安迪都不記得了嗎？」夏又離連連嘆氣，這段日子他不時和硯天希提及過去他們與黑摩組的恩怨糾葛，以及當年天希究竟是怎麼進入他身體裡的往事；硯天希有時聽得悠悠入神，有時又胡鬧插嘴，但不論當下反應如何，她過不了多久，又全忘得精光，不是埋怨夏又離搶了她身子，就是說夏又離囚禁著她不安好心。

「我才懶得管什麼安迪。」硯天希哼哼地說：「總之先把那百寶樹弄到手，我要吃果子！剛剛你們每個人都吃了百寶樹的果子，就我沒吃到。」

「妳要果子，直接向老孫要就好啦，他又不會不給妳吃。」夏又離急急地說。

「我不但要吃果子，我還要那棵樹。」硯天希說：「我要把百寶樹帶到山上，種在土裡，再挖個小窩當作本姑娘的宮殿，嘻嘻！」她說到這裡，頓了頓，低頭盯著胸口說：「然後，我要鑽出你這臭身體，把你好好揍一頓，報你囚禁我這麼多天的仇，再把你一腳踢下山，咦——」

硯天希說到這裡，突然見到前方廊道走來一個小娃娃。

那娃娃身形約莫三十公分高，雙手捧著一顆果子，正是百寶樹生出的果子。

「嗯？」硯天希瞇起眼睛盯著那娃娃，頭頂一雙狐狸耳朵微微抖動，屁股後那簇狐狸尾巴左右搖擺。

那娃娃捧著果子笑咪咪地往硯天希走來，雙手高抬，像是要將果子獻給硯天希。

「……」硯天希操使著夏又離身子緩緩蹲下，伸手接過這果子，端至鼻端嗅了嗅，一把將果子扔遠，起身踢飛那娃娃，扠著腰大叫：「哼，有詐！想騙我呀！你們在果子裡下了毒！」

唰地一聲，廊道上現出一扇小窗，孫大海的聲音自那小窗中傳出：「天希大小姐，果子裡沒毒，妳想吃果子儘管開口，要多少都有，絕不會餓著妳呀。」

「我要那百寶樹，把百寶樹給我。」硯天希說：「還有你這老頭得教我種樹，教我怎麼指揮百寶樹長出各種果子。」

「大小姐呀！」孫大海聲音聽來無奈。「這百寶樹只聽我和我外孫女指揮，其他人施法也沒有用呀。」

「什麼！」硯天希哼哼地說：「那好，你去找條繩子。」

「找繩子作啥？」孫大海不解地問。

「套在你跟你外孫女脖子上，當我的僕人，每天幫我替大樹施肥澆水生果子。」硯天希說得理所當然。

「哇——」小窗那頭孫大海哇哇大叫起來。「不行吶，那小狐魔完全不可理喻！」

「說什麼吶！」硯天希哼的一聲，一拳打爆那小窗，玻璃四分五裂碎散滿地，連同木條窗框倏地消失無蹤，牆上只殘留一個凹陷小坑。

「臭老頭，你再不把百寶樹交出來。」硯天希威嚇地說：「我會拆了這間破房子，把你們全殺了。」

「小狐魔。」安娜的聲音自廊道兩端響起。「我勸妳少說兩句，這是穆婆婆的地盤，要是真惹火她老人家，可有妳受的。」

「妳又是誰呀？」硯天希操使著夏又離身子，雙耳一豎，尾巴一挺，張開雙臂，兩股黑墨自掌心滲出；她彎指沾墨，畫出兩道符印，附上夏又離一雙胳臂，那雙臂瞬間變得巨大粗長，一雙拳頭比籃球還大——這是墨繪術裡的破山咒。

磅——

硯天希揮動那破山大拳，轟隆砸爛廊道一面牆，嘿嘿地說：「賤婊子，妳要我少說兩句，我就偏要多說十句，我不但要多說十句，我還要開始拆臭老太婆的房子啦！」

硯天希開始在廊道裡邊走邊搥牆，這雜貨店結界裡牆面結構，有些是木造、有些是磚造，但不論是木造還是磚造，都經不起百年狐魔硯天希那對破山大拳頭敲砸，她沿路往前，轟隆隆地將四周廊道壁面砸得凹陷碎裂，甚至轟隆傾垮——

但當硯天希走遠後，那些破爛的磚木碎片，全像是活的一樣自地板飛回，拼回原位。

06鲜血健身房

「前輩，讓你開開眼界。」莫小非嘻嘻笑著，推著那白骨輪椅，走出那寬闊鋼鐵電梯，進入一處雪白光潔的玄關。

那玄關看起來像是最頂級的豪華住宅，兩個模樣俊秀的少年穿著像是酒店少爺般的襯衫和西裝褲，微笑著上前迎接。

「這可不行。」莫小非對那少年搖搖頭，說：「你們可沒資格推前輩，退下吧。」

兩名少年只是點點頭，也不說話，緩緩退回他們本來駐足之處，一動也不動，臉上的微笑儘管自然可愛，卻完全沒有任何變化。

「妳帶我來這裡做啥？這裡是哪裡？」硯先生問。

「這裡是我家。」莫小非推著硯先生走過華美廊道，進入寬闊客廳，來到一面約莫數十公尺寬闊的巨大落地窗前，得意地說：「視野很棒吧，我住在全台北，不，應該是全世界最高的地方喔！這世界上，再也沒有人住得比我更高了。」

從這將近一百六十層樓高的萬古大樓最高樓往前望去，除了能夠將西門町以北的大同區、士林區、北投區一覽無遺之外，甚至能夠見到西北方向淡水河的出海口。

「誰說的。」硯先生微微搖頭表示反對。「我就曾經住在比這裡更高的地方，許多大山都比這人造樓房高呀！」

「哎喲——」莫小非攤了攤手，嚷嚷地說：「我當然知道世界上有許多高山，我是說一般的住宅呀，前輩你何時看過這麼高的民宅呢？」

「很多高山上也有民居呀。」硯先生說：「西邊有一片高原，上面就有許多人住的房子，還有個蓋在山上的大宮殿，叫什麼布達拉宮，那個地方，比你這裡高太多啦——」

「你說的跟我說的根本不一樣啦！」莫小非氣呼呼地跺腳，說：「算了，不跟你辯了，給你看個好玩的東西。」

「什麼好玩的東西？」

「我的玩具。」

莫小非推著硯先生返回客廳正中，轉身窩進那寬長沙發裡，將一隻娃娃抱枕抱在懷裡，彈了彈手指，說：「把老師跟師母帶出來讓前輩看看。」

半晌後，兩名少年牽著兩個人自客廳另一邊廊道走出，來到莫小非身前。

男人約莫四十來歲，西裝筆挺，面容憔悴但看得出樣貌英俊；女人三十幾歲，赤裸的身子被紅線縫出無數塊奇異圖案，那些圖案全是人臉，且全是八字垂眉的哭喪鬼臉。

女人的臉則被紅線縫高了眉頭、拉低了眉角、嘴角和眼角，整張臉被固定成與全身上下那些愁苦鬼臉十分類似的表情。

「這兩個什麼人？」硯先生不解地問：「妳想讓我看什麼？」

「他們是我高中老師和師母。」莫小非將右腿蹺到左膝上，微微抬高，腳尖朝那男人指了指。「汪汪時間──」

男人跪了下來，往前爬近幾步，托起莫小非的右腳，輕輕摘下她的涼鞋，捧著她那蒼白腳板親吻舔舐起來。

「嘻嘻、嘻嘻嘻。」莫小非癢得微微扭動起身子，對硯先生說：「前陣子我找到了他們，領養回家，嘻嘻、嘻嘻嘻。」

「妳養他們做什麼？」硯先生依舊困惑。

「好玩嘛！」莫小非指著那赤裸女人，哈哈笑著說：「師母呀，是個大醋罈子喲，以前她知道老師跟我有一腿，找人把我狠狠打了一頓，痛死我了──哼，明明就是老師大色龜，我一堆學姊、學妹都被他玩過，師母一口咬定是我勾引他，哼！」

「那她的臉怎麼這個樣子？她身上這些怪紅線是什麼意思？」硯先生望著女人身上那

超過千張用紅線繡出的愁眉苦臉。

「因爲她說呀——」莫小非放下右腳，將左腳擱上右膝，讓那男人舔。「她最討厭我嘻皮笑臉的樣子，恨不得割爛我的臉。既然不喜歡看笑臉，我就讓她看哭臉囉，她現在一天二十四小時都跪在鏡子前，看著自己的愛哭臉，你說好不好玩、有不有趣呀，前輩？」

「我搞不懂這哪裡好玩，妳有毛病。」硯先生搖搖頭。

「那是因爲前輩你的情緒被壞腦袋抑制著，所以才不覺得好玩。」莫小非得意地說：「如果你頭腦正常，看到師母盯著我和老師做色色的事情時候的表情，一定會覺得非常好玩！」

「呿，無聊透頂。」硯先生說：「我寧願看鵪鶉下蛋、看老虎獵鹿、看大鷹飛天、看大熊打架都有趣得多，你們這裡有沒有熊吶——」

「你喜歡看打架呀前輩。」莫小非站起身來，伸腳趾了指涼鞋，讓男人替她穿上鞋，說：「那說不定你會覺得鴉片的新玩具比較有趣。」

「鴉片又是誰？他有什麼新玩具？」硯先生問。

「他呀，是個連腦袋裡都長滿肌肉的打架狂。」莫小非哈哈笑著，推著硯先生往玄關走，回頭說：「你們找幾個小妹妹跟老師玩，讓師母從頭看到尾，然後要她寫心得報告，要寫認眞一點喲，我回來會批改作業。」

兩名少年僕奴點點頭，將男人和女人牽回他們原先出來的那條廊道。

「眞搞不懂妳在玩什麼。」硯先生隨口說。

「前輩呀，你可別以爲我只是好玩而已，我是在煉新的手指呢。」莫小非說：「再過不久，師母會變成我第十一支手指，這段期間，我會好好修煉她的心，從身體到靈魂，都要好好調教一番呢——」

「我聽不懂妳說什麼。」

「之後我再帶你看四指怎麼煉手指。」莫小非推著硯先生進入電梯，按下樓層鍵。「現在我們先去看打架，你不是最愛看人打架了嗎？」

「是呀。」硯先生說：「我不但愛看人打架，我更愛跟人打架，妳要跟我打架，還是找人跟我打架？」

「你只能用看的啦！」莫小非笑著說：「我們又打不過前輩你。」

這彷如直通天際的鋼鐵電梯，轟隆隆地搖晃了好半晌，才又重新打開鏽蝕閘門。

莫小非推著硯先生走出電梯，外頭昏暗漆黑，只見一柱柱方形水泥梁柱間垂吊著一只只沙包，四周擺放著各式各樣的健身器材和用品；梁柱、水泥地板和各種健身器材上全沾染著黑褐色或是鮮紅色血污。

碩大的健身空間裡，聚集著約莫四、五十人，當中有男有女、有老有少，身形高矮胖瘦各不相同；這些人零零星星地分散在這奇異健身空間裡，默默無語地獨自鍛鍊，或是捉對互打。

這些人的共通點，是他們的練習分量巨大到能夠直接從扭曲的神情和腫脹變色，甚至出血的肌肉、皮膚看出——

一個身材壯碩的中年男人，扛著一只槓鈴緩緩地上下深蹲，肩上那槓鈴兩端因爲槓片過度負重，而微微向下彎曲；他那滿布浮凸筋脈的頭臉脖頸，綳成了深紅醬紫色，臉上濕漉漉地淌滿了汗水、淚水和鼻水；他一雙腿腫脹得嚇人，甚至變成了深黑紫色；他身上各處肌肉插著奇異長針，長針末端裹著符籙，符籙微微閃動異光，溢出煙霧——這些針和符，似乎支撐著他的肉體，讓他得以持續進行著遠遠超出人類體能極限的鍛鍊分量——卻不能減少他的痛苦。他腳下好大一塊區域，是他的汗水和數次失禁所染出的污漬。

一個個頭矮小、面貌平凡、臉上長滿雀斑的女孩，穿著一身不知多久沒有更換過的柔道服，揪著一個高出她一個頭的胖男人，不停施展著各式各樣的柔道摔技——水泥地上的褐紅色，是這女孩和胖男人共同染成的，女孩每一技大外割、過肩摔的動作俐落得猶如機械，但她神情恍惚如同木偶，胖男人的頭臉、四肢被摔得不成人形、污紅一片，卻仍能配合女孩擺出各種預備動作，他們兩人那身破爛柔道服底下，是一枚枚圖釘將一張張奇異符籙釘在皮肉上，讓他們持續進行這慘烈而漫長的摔技練習。

幾個赤著上身的青年，持續擊打面前的沙包，拳套全都破破爛爛，遍體鱗傷的身軀體肉同樣釘著維持體力的符籙；而他們的沙包，則是一具具被綑綁成如同火腿醃肉的人，這些「沙包」的裝扮和擊打沙包的青年，幾乎一模一樣——他們分成兩組，輪流擔任沙包和拳手。

在他們之中，有些地位略高的傢伙們，穿著較乾淨的道服，面無表情地持著鐵棒來回巡視，不時會狠狠地向練習中的男女掄上一棒。

「這些人在幹啥呀？」硯先生眼睛略微睜大了些，不解地說：「這叫打架嗎？他們爲啥這樣折騰自己？」

「鴉片想要訓練出一支地上最強的格鬥部隊。」莫小非說：「他是格鬥狂人，連他自己都是這樣訓練，還常常吃一些又臭又難吃的怪東西，說可以增加拳頭的力量，你說他有沒有毛病？」

「他有毛病，妳也好不到哪去，你們每個傢伙都有毛病。」硯先生說：「來到這裡，我還沒見到半個正常傢伙。」

「哼哼，物以類聚嘛。」莫小非嘻嘻笑著：「前輩你也不太正常呀，這也是我們可以成爲好夥伴的原因。」

「誰要當妳的夥伴呀，妳說讓我看打架，就是看這些怪傢伙嗎？」硯先生說：「這些小傢伙我呼口氣都吹死他們啦，連我那墨……墨……嗯？」

「前輩你想說『連我那墨繪術都不用施展，就能打死他們了』，對吧……」莫小非搖頭嘆氣。「前輩呀，艾莫爺不是有調整壞腦袋的術力嗎？怎麼你的記性還沒恢復呢？你連自己發明的得意法術都記不得，怎能提供我們有用的情報呀？」

「誰說要提供妳情報啦，而且我記性好得很，我是故意考考妳。墨繪術嘛！我發明的，我怎麼會不記得？」硯先生瞪大眼睛說：「妳到底要把我推去哪呀？」

「前輩，鴉片這道館很大，他現在應該在某間練拳室裡打賀大雷吧——那就是他這幾天的新玩具。」莫小非推著硯先生走至這奇異健身場另一端，轉入一條長道，來到另一個寬闊空間。

這空間比先前的健身區域小了些，卻也有六、七十坪大了，這兒稍微明亮些，正中央聚著數人，有坐著的、有躺著的、有蹲著的，也有跪著的。

鴉片微微仰著頭，囂張地仰坐在一張大椅上，那大椅造型古怪，仔細一看，竟是數名裸女或蹲或跪，張臂伸腿，協力組合擺出的一張「椅子」。

「小非，妳找我有事？」鴉片穿著拳擊短褲，胸前掛著碩大金項鍊，身上汗水淋漓、熱氣蒸騰，正張著大嘴，咬著腳邊一名裸女叉來的一塊牛排。

「前輩想看你打架。」莫小非推著硯先生，來到鴉片那人肉大椅旁，對他那張椅子品頭論足，說：「咦，這椅子好有趣，看不出你有這種創意，我回去也來設計一個，坐起來好像很舒服呢。」

「阿君教的，她沒教妳嗎？」鴉片哼了哼，指著前方數公尺外，呈大字形躺著的那平頭男人，說：「妳來得眞不巧，比賽剛剛結束，下一場有得等囉。」

平頭男人身材高大，穿著一身被鮮血染得褐紅一片的空手道服，他的左臂嚴重骨折，斷骨甚至穿出肉；一雙拳頭十指變形嚴重；胸口有幾處凹陷，肋骨不知斷了多少；他的臉爛糊糊的，甚至看不清五官位置——

他的左眼鮮紅一片，右眼卻精光閃閃地睜著，直勾勾地望著天花板，似乎意識清晰。數個怪異傢伙蹲在這重傷的平頭男人身邊，對著他的身體各處創傷上藥施咒，像是在替他治療。

「你們幾比幾呀？」莫小非問。

「一百七十六比零。」鴉片哼哼地說，一口吃下一塊巴掌大的牛排，還喝下另一名裸女侍從遞來的紅酒。「太弱了，我好失望。」

「我也要吃肉。」硯先生嚷嚷起來。

「聽到沒，前輩也想吃牛排，有沒有多的。」莫小非這麼說。

鴉片只是揚揚手，一旁幾個裸女侍者立時推來餐車，上頭擺著熱騰騰的牛排和紅酒。

兩名裸女侍者一個切割牛排，一口口餵著硯先生，一個不時遞上紅酒讓他小酌。

莫小非則是隨手自餐車上取下一瓶紅酒，自斟自飲，指著躺在地上的男人，問：「要多久才會治好他？」

「讓他站起來，至少要十分鐘。」鴉片說：「但要讓他能夠出全力跟我打，至少要治療三小時。」

「太久了吧！」莫小非嚷嚷地說：「不用全力啦，五分力就好啦，讓前輩開心一下。」

「花一小時，讓他恢復七成吧。」鴉片哼哼地說：「如果打五分力的賀大雷，那不如打妳好了。」

「屁啦——」莫小非呀呀叫著：「十個賀大雷也打不贏我，何況五分力的賀大雷！你瞧不起我呀？」

「誰是賀大雷呀？你們打賀大雷做啥？他得罪你們啦？」硯先生大口嚼著牛排問。

「賀大雷就是倒在地上那男人呀。」莫小非指著前方地上那一動也不動的男人，說：「他是靈能者協會台北分部的四大主管之一呀，之前在黑夢裡躲了好久，直到這幾天才被鴉片揪出來，其實滿不簡單的。」

「所以呢？你們打他幹啥？」硯先生問。

「我說啦，鴉片是個格鬥狂。」莫小非答：「他喜歡打人，喜歡打爛人的臉、折斷人的手跟腳，喜歡聽人受苦尖叫，再把他們訓練到再痛也忍著不叫；他四處挑選自己覺得有資質的傢伙，用奇怪的法術鍛鍊他們的肉體，把他們當成沙包練拳，或是讓他們互毆，最後將他們訓練成專屬的格鬥部隊。很變態，對吧，前輩！」

「要說變態，我可比不上妳跟阿君，哼哼。」鴉片哼了一聲，咬下最後一口牛排、喝盡杯中紅酒，張口刁著一名裸女侍從遞來的雪茄，挪了挪坐姿，讓身子往後埋得更深，幾個擔任椅背的裸女機伶地同時調整姿勢，像是能夠調整椅背角度一般讓鴉片斜斜躺下。

「動作快點啊，我等不及了，治好叫我。」鴉片仰躺在人體椅子上，閉起眼睛，呼出長長一口煙霧。

硯先生一面吃著牛排，一面喝著紅酒，聽莫小非講那躺在地上的賀大雷過去和黑摩組糾纏不休的故事。

「妳說他是什麼……四大主管？」硯先生隨口問：「那另外三大主管又是誰？」

「秦老是台北分部的頭兒，何孟超算是老二，賀大雷跟陳碇夫是另外兩個。」莫小非酒量極佳，此時已經喝盡第二瓶紅酒，而且打開第三瓶紅酒，連杯子也不要了，舉起酒瓶就往嘴裡灌。「不過陳碇夫離開協會有一段時間了，他被我們氣壞了，氣到加入晝之光，反過來追殺我們，根本發瘋了，哈哈！」

「你們怎麼氣他？」硯先生好奇問。

「我們綁架了他懷孕的老婆。」莫小非輕搖紅酒瓶，盯著瓶中紫紅色酒液，嘻嘻笑著說：「然後將他老婆和肚子裡的孩子，切成一塊一塊，分裝在小箱子裡，每天寄一、兩箱給他，讓他玩拼圖。」

「……」硯先生瞪大眼睛，說：「你們幹的這些事情，比較像是瘋子會幹的事情。」

「好像也是呢。」莫小非呵呵笑著說：「安迪說呀，想要贏，就要敢衝；我們幾個跟著安迪不停地往前衝，衝得比所有人都快，所以我們贏了。」

「誰說你們贏啦？」硯先生微微搖頭。「你們每個都打不贏我，就算全加起來，還是打不贏我。」

「前輩，你可是千年狐魔吶！」莫小非抹抹嘴說：「要是讓安迪修煉成魔，再修煉上千年，未必比你差呢。」

「他煉千年時，我就煉兩千年啦！」硯先生說：「那時我還是比他厲害。」

「對啊！」莫小非說：「所以你贏過我們的，就只是年紀而已。」

「誰說的、誰說的。」硯先生嚷嚷地說：「等一千年之後，你們五個加起來是五千歲，比我老三千歲，但還是要輸給兩千歲的我。」

「哪有人這樣子算啦！」莫小非哭笑不得地說：「而且你又知道一千年後我們五個加起來打不贏你？」

「知道呀，我怎麼不知道。」硯先生搖頭晃腦說：「你們不是用手指煉魔嗎？每隻魔都幾十歲，一個人帶著七八九隻魔，五個人幾十隻魔加起來，早就比我還老啦；啊呀我想起來了，那天大傘裡頭的老傢伙，看起來也一百多歲啦，他頭頂那些傘裡藏著一大堆妖魔鬼怪，你們幾百個再加上個壞腦袋，打我一個，還不承認我比你們厲害？」

「好啦、好啦！」莫小非微微舉手作投降狀，笑著說：「前輩你贏啦、你最厲害，行了吧！」

「對啦，傘裡那老傢伙呢？」硯先生眼珠子轉來滾去，想起了那巨傘裡的寶年爺，像是想找他打一架般，嘟嘟囔囔地說：「怎麼這幾天都沒見著他？而且連那把大傘都不見啦？」

「前兩天我們擔心你的狀況，才讓寶年爺二十四小時鎮著你，這幾天你狀況穩定，寶年爺總算可以喘口氣啦；寶年爺為了壓制你，消耗太多精力，元氣大傷，要好好休養，接下來還有好多場硬仗需要他老人家幫忙呢！」莫小非取出一支手機，按著螢幕滑動半晌，將手機拿到硯先生面前，說：「看，大傘和裡頭的小傘，全累壞啦。」

「怎麼現在每個人都喜歡玩這小盒子？」硯先生微微往前探頭，盯著手機螢幕，只見那囚著寶年爺的巨大紙傘，橫擺在一座特製的大型傘架上，傘身纏繞著一圈圈符籙鎖鏈。

在那巨大的特製傘架底下，是個巨大的圓形金屬盤子，金屬盤子面積有好幾坪，盤上盛著數十個活人。那些活人赤裸著身子，被捆束著手腳，一動也不動地堆疊成一座小塔。

大紙傘身上垂下的那一條條黑色鎖鏈，穿在盤上那些人體身軀裡，像是吸管般緩緩地吸取出那些活人的血和魄質。

大圓盤外，有幾個怪異傢伙持著鐵叉來回巡邏，他們用鐵叉翻攪著金屬大盤子上那些人體。當他們發現有些人體再也吸不出魄質和血時，便挺著鐵叉將那些人體叉出，扯下穿在他們身上的鐵鍊，扔進一旁的推車，再從另一邊的籠子中叉出新的活體扔上大盤，讓巨傘循著人氣，垂下那黑色食血鎖鏈。

「說眞的，這麼多古怪把戲，我都看膩了。」硯先生抱怨地說：「現在我倒想看看小兔子吃草的模樣。」

「那有什麼好看。」莫小非說：「何況前輩你不是狐嗎？狐愛吃兔子，你看兔子吃草幹嘛？」

「看狐吃兔子也好玩呀。」硯先生說。

「那也很無聊。」莫小非呵呵笑著說：「再不然等晚點，我帶你看阿君吃人，她最愛吃男人，尤其最愛吃帥哥猛男，她喜歡邊玩邊吃、邊吃邊玩；我保證前輩你只要看過一次，永生難忘。」

「你們幾個是從瘋人院逃出來的呀？」硯先生問：「怎麼一個比一個奇怪？」

「才不是呢。」莫小非說：「我以前是在酒店上班認識阿君的，她比我早幾個月去那上班，鴉片是那裡的圍事、安迪是我們的客人，哈哈，好懷念喔！」

「我們會加入黑摩組，全因爲安迪一句話——」莫小非喝乾了第三瓶酒，打開第四瓶酒，來到硯先生面前，湊近他的臉、盯著他雙眼，模仿著當初安迪的語氣和神態，說：

「你覺得自己過去的生命旅程，眞的有趣嗎？」

「很有趣呀。」硯先生答。

「不一樣啦！」莫小非站直身子揚開雙手，仰頭灌下一口紅酒，說：「前輩你是千年狐魔呀，你的生活當然比我們豐富太多，我們跟你不一樣，我們那時候都是小人物，且是小人物中的小人物呀！」

「安迪像是一盞明燈，讓我們找到了人生的方向。」莫小非這麼說。

「你們人生的方向，就是當個瘋子？」硯先生不解地問。「這是啥方向這麼奇怪？」

「或許我們本來就是瘋子嘛。」莫小非嘟著嘴說：「但我們現在，可是世上最成功的瘋子喲！」

「瘋子還有分成功的瘋子跟不成功的瘋子？」硯先生問。

「當然有呀！」莫小非說：「世上幾十億人、幾千萬個瘋子，有哪幾個像我們這樣住在這麼有趣的地方，想做什麼就做什麼、想吃什麼就吃什麼、想玩什麼就玩什麼；就算是世上最有錢的富豪、大國領袖，都沒辦法像我們一樣自由——這種毫無限制的自由，就是安迪帶著我們追尋的東西啊！我們現在的生活就像是美夢成眞，前輩你自己說，這樣還不算成功嗎？」

「唔……」硯先生微微歪頭，想了想，說：「好像是成功沒錯，只是有點不太對勁……」

「哪裡不對勁？」莫小非問。

「全都不對勁啊。」硯先生說：「你們想讓世上所有人都變得和你們一樣怪嗎？像是這些椅子、這些沙包、妳的老師跟師母，沒一個正常人呀。」

「也不一定啦。」莫小非聳聳肩說：「看想玩什麼遊戲呀，黑夢可以自由控制人的心智，我們要讓這人正常，這人就正常；要讓這人發瘋，這人就發瘋；要他當奴才，他就乖乖當奴才；要他當情人，他就死心踏地愛上你。完全沒有任何人能夠抗拒……啊，不對！我想起一個小子……」

莫小非說到這裡，眼睛瞪得大了些，歪斜著腦袋皺起眉頭，像是想不起那人的名字。

「那小子叫什麼名字呢？他竟然可以不受黑夢影響，好厲害呀……」

「啊。」硯先生的視線越過莫小非，盯在前方那緩緩站起身的男人身上。

鴉片的眼睛也在這時緩緩睜開，坐直身子，雙臂伸得老長，大大伸了個懶腰。

「賀大雷醒啦？」莫小非轉身，見賀大雷直直站著，他正低頭望著自己恢復原狀的雙手——說是恢復原狀，但皮肉上仍留有一道道怵目驚心的巨大疤跡，幾處嚴重骨折倒是幾乎好了，臉上五官口鼻也大致歸位，雙眼眨了眨，盯著鴉片等人。

「莫小非？」賀大雷望著莫小非，又望了望輪椅上的硯先生。

「咦？」莫小非聽賀大雷喊她名字，倒是有些訝異，轉頭問鴉片：「你讓他保留著記憶？」

「我沒動他腦袋。」鴉片站起身，扭著雙肩踢著腳，開始暖身動作，還摘下了一枚戒指。

賀大雷也沒多說話，同樣做起伸展動作。

「爲什麼？」莫小非不解地問：「你不是需要手下嗎？這傢伙比外面那些笨蛋厲害太多，你不把他洗腦成奴才，他怎麼會替你辦事？」

「急什麼？」鴉片哼哼地說：「現在各國四指組織都搶著替我們辦事，還差一個賀大雷？那些傢伙全被我煉成沙包了，打沙包怎麼會好玩？我不需要手下、不需要沙包，我要的是對手。」

「呿，我就說他有毛病吧。」莫小非轉頭對硯先生做了個鬼臉，跟著又說：「聽說泰國的拳王也來了，現在在三重畫之光的結界裡，你應該有興趣。」

「安迪跟我說了，明晚行動，對吧。」鴉片盯著賀大雷，跳了跳，他個頭才一百六十幾公分，比起超過一百九十公分高的賀大雷足足矮了一大截。

「賀大雷，我知道你現在在裝酷，但聽我說出這位老前輩的大名，你可別嚇著喲！」莫小非拱著雙手，笑嘻嘻地對賀大雷說：「他是硯先生。」

賀大雷本來神情肅穆，聽莫小非這麼說，可眞瞪大眼睛、張大了口，露出不可置信的神情。

「果然嚇到了吧！」莫小非哈哈笑著，拍了拍白骨輪椅握柄，說：「硯先生很快就要變成我們的夥伴了，以後呀，臭協會跟臭畫之光，就要領教到硯先生的厲害囉！嘻嘻！啊呀，我差點忘了，等鴉片玩膩你之後，你也會變成我們的嘍囉，替我們打協會、打畫之光，興不興奮呀？」

「……」賀大雷默默無語，將視線轉回鴉片身上，微微舉起雙手，在臉前交叉，深深地吸氣。

賀大雷這口氣，吸得極慢極長，猶如時間凍結一般。

鴉片也不催促，只是搖頭晃腦地隨意蹦跳，偶爾抖抖手，蹬蹬腿。

賀大雷微微張口，將吸入胸腹中的氣息長長地吐出，同時雙手下壓，一前一後，擺出空手道迎戰架勢。

鴉片則彎弓著身子，雙手微微舉起，也擺出個摔角選手般的接戰架勢。

雙方緩慢地挪移腳步，一吋一吋地接近對方。

「這叫打架？」硯先生瞇著眼睛，像是對眼前兩人這裝模作樣的格鬥態勢感到不屑，他齜牙咧嘴地嚷嚷嚷嚷：「往左、往右、往前衝！飛上他腦袋，啊呀！你們動作怎麼這麼慢？」

「哎呀。」莫小非安撫著硯先生說：「前輩呀，你不能用你和其他千年大魔的那種飛天遁地、法術亂轟的打架方式，來跟人類格鬥相比呀。」

「什麼格鬥？」硯先生哼哼地說：「我才不玩那套，我都直接跳上敵人頭頂，用爪子扒掉他的頭！」

就在硯先生和莫小非你一言我一句的時候，鴉片發動突擊，他壯碩而矮小的身軀倏地往前直衝，像台高速坦克般往賀大雷腰際衝去。

賀大雷猛地抬膝，轟隆撞上鴉片鼻梁。

「正確。」鴉片咧嘴笑了笑，竟未有下一步動作，而是刻意維持著被賀大雷抬膝撞著正臉的姿勢——反倒是賀大雷搖搖晃晃、踉蹌地單足往後跳了兩步。

鴉片的鼻梁歪了，淌下兩柱鼻血。

賀大雷的膝蓋碎了。

「你的身高，用膝擊對付擒抱是最好的方式。」鴉片站直身子，捏著鼻梁扭了扭，將鼻子移正，嘿嘿笑著說：「可惜我的臉，比你的膝蓋還硬。」

「……」賀大雷右膝碎了，勉強單足站著，依舊維持著空手道架勢。

「拿出你的家傳寶刀吧。」鴉片這麼說，連架勢都不擺了，大步走向賀大雷。

賀大雷在鴉片距離他兩公尺處，猛地突出一記正拳，那正拳外側黑風旋動，凝聚出一片刀狀厚刃，厚刃約莫接近衝浪板大小，且更爲厚實，像是一柄巨大的斬馬刀，如同賀大雷正拳的延伸，猛地刺向鴉片胸腹。

鴉片側身避開，倏地竄到賀大雷右側，攔腰抱著賀大雷腰際。賀大雷右膝碎裂，腳步不穩，被鴉片抱著腰高高蹦起，後仰翻摔，後腦轟隆砸在水泥地上。

「這招倒是不錯。」硯先生嘖嘖兩聲。

鴉片動作迅捷，才剛將賀大雷翻身仰摔，立時撲坐上賀大雷胸腹間——這是綜合格鬥裡極佔優勢的位置——坐上對手胸腹的選手，能夠將對方腦袋當成沙包來打，被壓在底下的選手則極難扭轉情勢，只能以雙臂死命保護腦袋，拚命挺身嘗試將對方彈起脫困。

但鴉片卻未出拳，而是擺出了雙手護臉的守衛姿態。

躺倒在地的賀大雷勾出左肘，由於鴉片坐直了身子，賀大雷勾起的左肘離鴉片腦袋甚遠，但他肘旁倏地黑風暴捲，又出現剛剛那墨黑巨大厚刃，這次厚刃並非筆直，而是狀如巨斧，順著賀大雷這記左肘，直劈鴉片右臂和腦袋。

鴉片微微偏頭，讓左手牢牢接著這斧刃；跟著右手也隨即將賀大雷右肘拐來斬他腰肋的巨大彎刃抓個正著。

幾聲碎響，鴉片十指將賀大雷這兩片墨黑厚刃抓出裂痕，磅啦啦地崩裂消散。

「那雷大賀的黑刀子看起來挺帥氣的。」硯先生這麼說：「可惜威力不夠，一捏就碎。」

「是賀大雷啦！」莫小非說：「前輩你可別把我記成『非小莫』喲。」

接下來十數秒內，賀大雷接連勾出數肘、擊出數拳，每一拳每一肘都伴隨著一面面巨大厚刃，或是劈斬、或是突刺，卻全讓鴉片近距離擋下或是躲開。

「近戰無敵。」鴉片哼哼地說：「聽說這是你以前獲得的稱號……」

賀大雷不懂結界，也不擅長操鬼使魔或其他千奇百怪的玄妙法術，他的異能，就是在拳腳上依附厚重巨刃，近距離給予敵人迎頭痛擊。

賀大雷趁著鴉片說話之際，猛地挺身抬頭，在他腦袋上方，轟隆捲出一枚黑色重鎚，磅地砸向鴉片正面。

轟隆一聲巨響，重鎚崩成數大裂塊，在空中煙消雲散——是鴉片在千鈞一髮之際，也弓身低頭，以頭錘迎撞黑色重鎚。

「我的頭還是比較硬一點。」鴉片嘿嘿一笑，握起右拳，磅地砸在賀大雷嘴上。

跟著再一拳，打在賀大雷正欲揮拳的右肩窩。

「嘩，原來那小矮子拳頭這麼硬！」硯先生露出驚訝的表情，他見到鴉片每一拳打在賀大雷身上，都像是打在麵團上，一拳拳將賀大雷的身子打得骨碎變形，嘴不成嘴、肩不成肩，然後是臉頰、胸口、左肩……

僅僅捱了數拳，賀大雷便又像剛剛一樣，呈大字形癱躺在地，動彈不得，甚至外觀已不成人形了。

「令人失望，剛剛還撐得比較久呀。」鴉片哼哼起身，轉身接過一名裸女侍從遞來的冰毛巾抹了抹臉，將戒指戴回。

磅——

一柄黑色巨斧轟隆劈上鴉片托著毛巾的右臂，將鴉片整個人劈得騰空，向後飛退老遠，讓他在地上滾了一圈後才單膝蹲低身子，驚怒相交地望向賀大雷——

原來賀大雷趁他用毛巾擦臉之際，用剩餘的力氣抬踢左腳，甩出黑斧劈他。

「喝……」鴉片露出怒容，正欲用右手撐地起身，陡然又是一驚，低頭一看，他的前臂骨竟被那一斧劈斷，此時軟綿綿地變形垂著。

「哇！」莫小非和硯先生都沒料到，那上半身打得像是被揉壞了的捏麵人般的賀大雷，竟有餘力做出這種反擊。

四周的裸女侍從和其他大小嘍囉，像是瘋了似地圍上賀大雷，一腳一腳地踢踏他那爛得亂七八糟的身子。

「全都給我滾開——」鴉片一聲暴吼，嚇得那些侍從嘍囉們嘩地往後退開一大圈。

下一刻，鴉片的身影像是獵豹般竄到賀大雷身邊，惡狠狠地掃視他全身，像是想要找出一塊能夠讓他洩恨，卻又不致於使他致命的地方。他看了半晌，仰起頭來，喉間響動著滾滾怒吼，沉聲說：「讓他百分之百恢復，不然打不過癮——」

他說完，轉身走出這石室。

只聽見外頭的奇異健身空間，發出一陣又一陣的巨大聲響。

那是鴉片將滿腔憤怒轉移到其他「沙包」身上。

07怪物醫院

「前輩呀，你看這地方比你以前住的高山更美吧。」莫小非推著硯先生，登上萬古大樓頂樓那遼闊的空中花園。

他們沿著一條彎曲鋪有枕木的小步道，走過造景山丘、人工溪流，來到空中花園的邊際，那頂樓邊際沒有圍牆、欄杆，甚至生著青草，像是自然山崖邊緣一般。

「往前點、再往前點。」硯先生在白骨輪椅上，不停嚷著要莫小非將他推向更前方。

「再往前就要摔下去啦。」莫小非這麼說，卻仍將白骨輪椅往前推出一大截，將前方腳踏板和前輪部分，全推出草坡邊際，讓白骨輪椅的大半邊懸在高樓外半空中，然後讓輪椅微微向下傾斜，令個頭矮小、身子被固定得不能動彈的硯先生能清楚望見下方風景。

「好醜。」硯先生望著眼前那遼闊的台北市景。此時他們向著東北，將西門町一帶直到內湖、汐止的市街景致全都瞧得一清二楚——然而由於黑夢以萬古大樓爲中心向四周擴張的緣故，西門町附近長著一棟棟超過百層樓高的摩天大樓。

巨樓的平均高度從鄰近的大同、中正、萬華區，往大安、松山、中山、士林等區域向外圍遞減；這使得整座黑夢巨城遠遠看上去，猶如一座由千棟萬棟詭異高樓堆疊拼湊組合成的巨型水泥金字塔。

因此從硯先生的視角看去，便像是站在金字塔頂端往前看，看見各式各樣、千奇百怪的大樓樓頂，直到遠處那內湖、汐止一帶尚未堆高的市街，以及更後方的山景。

「從沒見過這麼難看的風景，哪來那麼多怪房子，裡頭都住什麼人吶？」硯先生嘟嘟囔囔地說，突然一陣風迎面吹來，他閉起眼睛，深深吸了口氣。「涼快，但是臭的。」

「這裡是城市，不是高山森林呀。」莫小非說：「在城市裡，空氣比不上野外也很正常，你是狐狸，不習慣人類大城市，對我來說，這樣子美極啦，像不像是科幻電影裡的魔幻都市呢？」

莫小非邊說，邊將白骨輪椅拉回，沿著大樓邊際走，一路從大樓東北側走到西南側，這兒的視野能夠見到中永和、板橋、樹林和新莊。

此時已是黃昏，往中和的方向看去，能夠見到跨過新店溪的黑夢，吞沒了大部分的中永和，在以四號公園爲中心的區域，堆出了一座高度較小的大樓金字塔。在雙和左側，黑夢範圍則延伸到了板橋一帶，在市街上長出一棟棟高聳，但尚未相連貫通的古怪樓房。

「前輩你說，那一大塊區域看起來像不像一隻爪子？」莫小非揚起手，轉身往北一指，指著那位於三重北方、淡水河東側的社子島重陽橋附近幾棟古怪巨樓，那幾棟巨樓不僅高聳，且並非筆直，而是微微往前彎傾。

跟著莫小非的手指又指向南邊板橋外側那高架快速道路一帶，只見通往三重方向的重翠大橋上已被古怪建築堆疊盤踞，豎立起數棟狀似剛剛社子島重陽橋一帶的傾斜怪樓。

不同之處，是重陽橋的傾斜怪樓往西南邊傾，重翠橋的傾斜怪樓則往西北方傾。

再加上台北市區連通三重的中興橋、忠孝橋、中山高，以及台北大橋四座橋後，同樣堆出四堆傾斜怪樓——

這六塊地區的高聳傾斜怪樓群，通通傾向三重一帶。

乍看之下，像是一隻能夠將城市撕裂的巨大六指魔爪，從三重地底伸出，隨時都要扒開大地一般。

硯先生沒有理會莫小非的話，而是自顧自地望著遠處紅橙橙的夕陽和天上繽紛雲彩。

「這才是眞正的日落。」硯先生喃喃自語。「太陽應該落在山後，不該落在人類的醜房子後面。」

「傻瓜前輩。」莫小非呵呵笑著說：「是角度的關係啦!你站在街上、站在房子裡，夕陽都被房子擋住，當然只能落在房子後面啦；現在我們站那麼高，沒有房子能夠擋著我們，只剩下山能夠擋著我們啦。」

「誰說的。」硯先生說：「我就見過更奇怪的日落。」

「怎樣奇怪法？」莫小非問。

「我攀上了最高的山。」硯先生說：「看到的夕陽，不是躲在房子後，也不是躲在山後頭，竟然往大地裡鑽，躲進了大地裡，奇怪吧。」

「哎喲。」莫小非哈哈大笑。「前輩呀，你說的山，是喜瑪拉雅山吧，那是全世界最高的山，再也沒東西能夠擋著你的視線——只剩下地球啦，因爲地球是圓的，太陽繞到了另一面去。」

「地球是啥？」

「地球就是大地啦，我們腳下的大地，是圓的，是顆球。」

「我聽妳放屁。」硯先生瞪大眼睛。「誰能夠站在球上？」

「啊喲喂呀，算了，你說平的就平的吧。」莫小非攤攤手，推著白骨輪椅沿著樓頂邊際走，繞了好大一圈，將整個台北都看了一遍。

太陽落下後，天空轉黑的速度快得嚇人。

「前輩，你在夜晚的高山，抬起頭能看到美麗的星星。」莫小非嘿嘿笑著說：「但你有沒有試過，低頭看見星星呢？」

「小ㄚ頭，妳當我沒見過市面呀。」硯先生哼哼地說：「站在高山上低頭瞧人類的大城市，那些燈就像是天上的星星，很稀奇嗎？」

硯先生雖然這麼說，但當他見到底下那遼闊黑夢大樓群一齊亮起燈光時，仍然微微露出吃驚的神色。

黑夢那異常密集的增生大樓群一扇扇窗光有紅有綠、有藍有紫；歪斜交錯穿插的霓虹廣告招牌和四處隨意亂長的交通燈號，閃爍著令人眼花撩亂的詭怪魔光。

如同極光般的奇異煙霧有時像風、有時像海浪，在一棟棟大樓間繞遊飄動；那些攀爬在大樓上的大眼衛兵臉上那顆紅色大眼詭異地忽明忽暗；四周群飛的變異怪鳥和一群群體型碩大的巨蛾、鬼蝶、金龜子身上都綻放著螢光，當牠們聚在一起時，看起來就像是巨大的鬼火團，當牠們分散飛旋時，則像是不規則亂炸的火花。

抬起頭來，天上一陣陣奇異流雲，將月亮染得微微發紅。

「美是美。」硯先生說：「就是太古怪，這麼多樓房裡沒半個正常人，全都是瘋子，哼。」

「就是這樣才美呀，正常的世界一點也不好玩，那些『正常人』像是螞蟻一樣日復一日作同樣的事，工作賺錢然後老死；比起來，我們的世界可是有趣太多了！」莫小非呵呵笑著，推著硯先生回頭往天台花園某個方向走去，那兒有棟美麗的白色別墅。

萬古大樓這整座天台花園為黑摩組眾人共用，但天台花園上那白色別墅，則屬於莫小非的私有區域，裡頭有樓梯通往底下她的頂樓住所。

鋼鐵電梯鐵欄打開，外頭是一處猶如高級飯店玄關般的接待廳堂，地上鋪著奢華地毯，牆上掛著一幅幅名畫。

櫃檯後那兩名接待女侍穿著素雅的套裝制服，見莫小非推著硯先生走出電梯，立時齊聲迎接：「歡迎莫小姐參觀。」「莫小姐需要什麼服務？」

「隨便逛逛。」莫小非隨口應答，推著硯先生經過櫃檯，走過櫃檯旁那扇自動門，經過一條亮白廊道。

亮白廊道末端，連接著一個圓廳，那圓廳像是美術館般精緻漂亮，中心立著一條圓柱，圓柱外圍繞著一圈沙發；四周弧形牆面上有好幾處入口，連接著不同廊道，每條廊道入口旁懸著標示牌子，牌子上是英數編號，以區別每條廊道各自通往的空間。

「這又是哪呀？妳又要帶我看啥？」硯先生問。

「嗯……」莫小非推著硯先生在那環形廳中沿著牆走，經過每條廊道入口，都停下來看看上頭的標示牌子，她說：「這裡是宋醫生的醫院呢，不過他現在不在這裡，最近呀，他都在那種草人家裡研究那些種子，哼。他竟然獨吞所有種子，都不分我一顆玩玩。」

「種子有啥好玩？」硯先生問。

「前輩，那些種子是一個種草人的家傳寶物，可以種出稀奇古怪的怪草。」莫小非說：「那些種子只有那種草人懂得怎麼種，但是呢，我們剛好也認識幾個種草高手，安迪請他們來幫宋醫生研究那些種子，聽說有種子已經成功發芽了呢。」

「妳帶我來看那發芽的種子？」

「不是。」莫小非說：「那些種子不在這裡，在那種草人家裡，聽說種草人家那整排公寓都被改造成溫室了；我帶你來看的，不是種草，是種鬼。」

「種鬼？」硯先生不解地問：「什麼是種鬼？」

「也是異術的一種呀。」莫小非推著硯先生足足在這環形大廳裡繞了兩圈，又在一處入口旁的標示牌前研究半晌，甚至直接撥電話向宋醫生確定之後，這才推著硯先生轉入其中一條廊道。

「種草，是種出神奇的植物；至於種鬼，是種出奇妙的怪物。」莫小非這麼解釋：「把鬼種進人或動物的身體裡，讓鬼逐漸佔據活物的肉體，然後長大成怪物，就叫種鬼。」

「不懂妳在講什麼，從沒見過怪物用種的。」硯先生哼哼地說：「怪物不都是公怪物跟母怪物生出來的小怪物嗎？」

「那可不一定喲。」莫小非說：「前輩你的小狐魔硯天希，不就是老怪物前輩你，跟一個正常女人生出來的小怪物嗎？」

「這倒是。」硯先生倒是不介意莫小非稱他怪物，更不介意莫小非稱硯天希為小怪物，他說：「至少有其中一邊是怪物，但那是用生的，不是用種的。」

「所以才稀奇呀，就像前輩你能從狐變人，又能用手畫出火鳥、火兔子一樣稀奇。」

莫小非這麼說，推著硯先生進入廊道旁一扇門。

那是一間手術室。

手術室正中央擺著一張鐵床，床上躺著一個赤裸裸的黑人。

那黑人身材高大精壯，渾身上下沒有一絲贅肉，有如頂尖的運動選手。但他的左肩以下空蕩蕩的，少了一條左臂，左肩斷處切口上，裹著一層厚厚的青泥。

黑人眼睛睜著，面無表情地望著天花板。

「這傢伙呀，是晝之光夜天使隊裡的高手喲——」莫小非說：「這傢伙超厲害的，我可能要摘下好幾枚戒指才打得贏他。」

「妳在說什麼東西，我看不見啊。」硯先生嚷嚷抱怨著，他坐在白骨輪椅上，視線比鐵床矮了些，被莫小非推近之後只能看見床腳，看不著鐵床上的黑人。

「你們幾個過來幫忙。」莫小非朝手術室一角幾名穿著醫護裝扮的傢伙們招了招手，那些人有男有女，聽見莫小非喊話，立時上前幫忙，三男兩女像是抬神轎般將整座白骨輪椅高高抬起，讓硯先生瞧瞧床上那黑人。

「不錯，這樣不錯。」硯先生像是對莫小非這指示感到相當滿意，盯著鐵床上的黑人，說：「妳剛剛說他是誰？他躺在這兒做啥？他怎麼少了隻手？」

「因為他的雙手非常厲害，所以他少了手。」莫小非說：「駱爺應該剛剛取下他的左手，等等要來取他右手了……」

莫小非話還沒完，手術室另一側那扇門後走出一個身材削瘦的白鬍老人。

那老人年紀約莫七十上下，穿著一身黑色袍子，身後跟著兩名隨侍，那隨侍打扮便和抬著硯先生的幾個人一樣，都是醫護裝扮。

那老人見莫小非進來，也沒特別招呼她，而是自顧自來到鐵床前，伸手在那黑人剩餘的右臂上拍拍捏捏，還翻翻他眼皮、摸摸他脈搏，像是在檢視這黑人的身體狀況。

跟著老人向身邊隨侍使了個眼色，那隨侍立時拉來鐵床旁的手術器材拖架，拖架上擺著的並非常見的手術器材，而是些形狀古怪的奇異器具。

「他是雲南最厲害的種鬼師駱大元，我們都叫他駱爺。」莫小非指著那削瘦老人說：「駱爺跟我們合作有一段時間了，他的種鬼術很厲害喲！」

「是嗎？」硯先生打量著那駱大元，嚷嚷說著：「鬼要怎麼種？快種給我看。」

駱大元像是沒聽見硯先生說話般，自身旁隨侍接過一枚枚長針，飛快在那黑人肩膀各處連扎十餘針，跟著取了幾張黑符點燃，在黑人肩頭揮繞，那黑符燃出的煙霧，像是不會消散般地盤繞在那些針的針尾處，沿著長針流入黑人肩膀裡。

跟著駱大元接來一柄古怪刀刃，像是老練的肉販肢解豬雞般連下十數刀，十秒之內就摘下了黑人的右臂。

只見那順著長針流入肩膀的煙霧，此時縈繞在黑人斷臂和肩頭斷面外側，這些煙霧讓整個取手過程，沒有流出一滴血。

駱大元捧起這精壯胳臂上下翻看，微微點頭，像是對這條胳臂十分滿意，轉身放在隨侍遞來的托盤上，轉身就往剛才出來的方向走去。

另一名隨侍立時取出一個白色罐子，挖出一團青泥抹上黑人肩膀斷處。

「他是啞巴？怎麼不會說話？」硯先生見駱大元自始至終沒理會自己，便開口問：「妳不是說他要種鬼，怎麼只切手臂？」

「別急嘛前輩。」莫小非讓那些隨侍放下白骨輪椅，推著硯先生跟在駱大元身後走。

「駱爺現在很專注喲，別害他分心，這幾天他累壞了，即將要大功告成了。」

「他種出什麼鬼？」

「種出一個超級厲害的怪物喔。」

駱大元捧著黑人胳臂走入的那扇門裡頭，是一個空間更加碩大的手術室。

正中央同樣擺著一張金屬床，但那金屬床的床板呈六十度傾斜，床板上幾道符籙紅繩將一具「軀體」固定在那傾斜床板上。

那軀體看上去有些像是屠宰場中，被高高掛著的豬身。

乍看之下，那軀體是個少年。

沒有四肢。

臉上沒有雙眼。

微微張開的口中，沒有舌頭也沒有牙齒。

胸腹被直直剖開一道大口，裡頭空無一物，沒有任何臟器，甚至連前肋骨都沒有。

而在傾斜床板對面，有張長桌，長桌上整齊擺著一條黝黑左臂，五雙大小色澤不一的人臂、一雙人腿、一副前胸肋骨，以及一整套人體臟器；在角落一張金屬托盤上，則擺著三十二顆牙齒和一條青灰色舌頭。

駱大元將剛取下的黑人右臂放在那長桌上，轉過身來到那少年軀體前，接過隨侍遞來的一盤銀針，一一捏起，扎進少年身軀各處。

莫小非像是擔心打擾駱大元而沒有靠近，將硯先生推到這碩大手術室的角落，遠遠地看著駱大元的一舉一動。

「他在幹啥？」硯先生問。

「噓，別太大聲。」莫小非說：「駱爺要替書念組合身體了。」

「組合身體？」硯先生不解地問：「妳不是說他是在種鬼，怎麼沒看他種東西，只看他切人手？現在又要組合身體？」

「早就種好啦。」莫小非解釋：「你看那些手手腳腳，裡頭都住著鬼喔！駱爺將鬼種在那些手腳、內臟裡，用那些手腳跟內臟來培養那些鬼，像是在種花、種菜。等養成熟了，全摘下來，組合在書念身上。這樣一來，書念不但擁有那些手腳的力量，也擁有那些鬼的力量，力量一口氣三級跳呢。」

「那小子本來沒手沒腳嗎？爲啥要用別人的手跟腳？」硯先生隨口問。

「他本來當然有手有腳。」莫小非說：「但桌上那些手腳、內臟、眼睛的主人，每一個都比書念厲害太多，全加在一起，你看這力量多驚人呀？要是讓書念自己修煉，煉兩百年都煉不出這種等級的力量，但用駱爺的辦法，就能讓書念在短時間裡得到這種力量。」

「聽不懂妳說什麼。」硯先生嚷嚷著說：「你們打哪弄來那麼多厲害的手手腳腳呀？」

「這些手手腳腳、眼睛舌頭的主人，就是大名鼎鼎的晝之光夜天使喔！」莫小非嘻嘻一笑，說：「這些臭夜天使呀，是那個臭伊恩的一群臭手下，是傳說中的死神部隊，被稱爲地表最強的殺手集團！講起來就好笑，現在這個號稱最強的殺手集團的力量，要統統集合到書念一個人身上了，安迪說到時候書念如果能發揮出巔峰力量，甚至有可能超過我們幾個喔！哇，一想到就好期待喔，好想快點帶著變強的書念到我的小白屋裡約會喔——」

「你們抓著地上最厲害的殺手集團，然後切下他們的手手腳腳，裝在一個沒手沒腳也沒有眼睛的什麼書……姓書的破小子身上呀？」硯先生無法理解。

「書念才不是破小子！而且他也不姓書，他姓周，書念是他的名字啦！」莫小非嘟起嘴，氣鼓鼓地說：「他是爲了要裝上夜天使這些手腳，才切去原本的手腳呀……書念的功勞可大了，如果沒有他，黑摩組可能沒辦法打下現在的江山呀——雖然其他人應該會有意見，但我一定要說服安迪，讓書念成爲我們的第六人！我要讓他擁有第六把『鑰匙』，而且讓他在萬古大樓裡也擁有自己的樓層！」

「什麼鑰匙、樓層、第六人，一點也聽不懂妳說什麼……」硯先生對莫小非嘮叨這番話興趣缺缺，他瞪大眼睛盯著前方駱大元的一舉一動。

駱大元捏著三色符籙，在周書念身軀上每一枚針尾揮繞半晌，讓那些煙霧循著長針流入周書念體內；只見周書念四肢斷處、胸腹腔間骨骼、血管各種切面紛紛冒出微微光煙，鑽出千萬條猶如髮絲般的長蟲。

駱大元捧起一條左腿，只見那左腿比例修長，皮膚光潔滑嫩，怎麼也不像男人大腿；他捏著三色符在左腿斷處揮繞幾圈施咒，讓那左腿斷處也鑽出密密麻麻的細蟲。

跟著，駱大元像是組裝積木般，將那修長左腿接在周書念左胯切口處——兩處斷面鑽出的長蟲，互相纏繞糾結起來，還冒出一陣陣奇異煙霧；一旁一名隨侍拿著一具怪異器械在周書念左腿接合處一按，喀嚓一聲，釘上一枚數公分長、猶如釘書針般的紅釘；另一名隨侍則拿著寫滿符籙的繃帶，在周書念左腿接合面飛快纏繞起來。

「喂、喂、喂——」莫小非見那兩名年輕女性隨侍在周書念胯間忙碌包紮，連忙大喊：「妳們可別趁機吃書念豆腐喲！我會生氣喔——」

駱大元也沒理會莫小非的嚷嚷，用同樣方法將另一條右腿接上周書念軀幹，那條右腿膚色明顯較那雪白左腿深些，甚至微微壯碩了幾分，但仍能看出是女人大腿，且大小腿比例、長度甚至腳板大小都十分接近。

跟著駱大元替周書念接上胳臂，一雙胳臂同樣也像是女人手臂，且主人各不相同，右手掌比左手略大些，但遠遠望去，周書念此時身體比例並不難看，且因為那雙修長女腿的緣故，令他的身體比例甚至比尋常亞洲男人更好看些。

接下來的二十分鐘裡，駱大元帶著幾名隨侍，俐落地將整桌內臟，一一塞入周書念的胸腹腔室中，再蓋上前胸肋骨，最後將胸腹皮肉覆回原狀，讓隨侍以一台較小型的釘肉器具，在他胸前釘出一整排縫釘。

駱大元又花了十分鐘，替周書念裝入鐵盤上三十二顆牙齒，那些牙齒雪白晶亮，像是同一人所有，那些牙齒的特異之處，是四枚犬齒尖長銳利，不像是人類犬齒，更像是電影裡吸血鬼的犬齒。

「啊，那舌頭……」莫小非遠遠地望著駱大元捏開周書念嘴巴，將那條灰色大舌頭塞入周書念口中，她不禁露出嫌惡的表情，嘟嘟囔囔地對硯先生說：「前輩，你不覺得那條舌頭太大了嗎？這樣很醜耶……」

「破小子舌頭大關妳什麼事？」硯先生問。

「哎呀前輩你不懂啦……」莫小非扠著手，生起悶氣。

駱大元搖搖晃晃地走至長桌，雙手按著桌面，接過隨侍遞來的毛巾抹了抹汗，跟著喝了幾口茶，繼續接下來的工作——

長桌上還有五雙人臂。

包括剛才那黑人一雙精壯長臂。

幾名隨侍將周書念解下鐵床，七手八腳地扶著他，讓他坐在一張板凳上，露出後背。

莫小非推著硯先生遠遠繞到周書念背後，這才見著周書念後背上，有十個碗口大的圓形血洞，十個血洞分爲兩邊，整齊地沿著脊椎往下排列。

駱大元先是在那十個血洞上灑上一些不明粉末，跟著以三種符籙熏燒施咒，只見那血洞隆起微微浮凸的肉瘤，跟著竄出爪狀白骨。

十處爪狀白骨猶如十處鑲嵌底座，一與人臂斷面相觸，爪狀白骨便抓入人臂斷面肉裡，牢牢扣住裡頭的臂骨，同時，爪狀白骨下的肉瘤也漫爬延伸，從爪狀白骨一路包裹上人臂斷面，與人臂皮肉合而爲一。

隨侍們在十條胳臂接合處也纏上厚實的符籙紗布。

「駱爺，你不要緊吧……」莫小非見駱大元轉身往長桌走時腳步虛浮、臉色蒼白、滿頭大汗，便關切地問：「要不要休息一下？」

「不……」駱大元搖搖頭，揮手招來隨侍扶著他，來到長桌前，取起一個小瓷盤。

小瓷盤裡裝著一對眼睛。

那雙眼睛不像人眼，更像兩顆美麗寶石，一顆晶亮青藍，虹膜是黑靛色；另一顆翠綠摻著淡淡鵝黃色，虹膜則是深墨綠。

駱大元將一藍一綠兩顆閃閃發亮的眼珠，裝入周書念眼眶中，再在他眼皮上畫下兩道咒、貼上兩張符，讓隨侍替周書念雙眼外纏上一圈圈符籙紗布。

四、五名隨侍將拼裝完成的周書念抬上一張高級病床，接上數管奇異點滴藥液，蓋上薄被之後，這才算是大功告成。

透支了精力的駱大元一屁股坐在一只板凳上，發愣好半晌這才抬頭望向佇在病床旁望著周書念的莫小非。「小非，安迪要妳來找我？」

「不。」莫小非見駱大元這疲累模樣，心虛地吐了吐舌頭，說：「我是帶硯大前輩來參觀宋醫生這醫院，辛苦你啦，書念……書念這工程算是完成了吧？他多久能夠起來和我說話呢？」

「沒那麼容易……」駱大元抹了抹臉，說：「手腳是順利裝上了，但接下來的步驟才是難關……」

「難關？」莫小非問：「爲什麼？不是把手腳接上就好了嗎？」

「那些可不是尋常的手腳呀。」駱大元苦笑說：「兩顆眼睛、一條舌頭、一副牙齒、胸前肋骨，這樣是五隻鬼；雙手、雙腳四隻鬼，加上背後五雙手再五隻鬼……」

「十四隻鬼，十四隻夜天使。」駱大元喃喃地說：「換作是妳，小非，妳覺得妳得花多久時間才能收服他們？」

「十四個夜天使……」莫小非吸了口氣，搖搖頭。「不知道，可能要花好幾年吧……」

「所以，這小子當然不會那麼順利。」駱大元說：「不過我會盡力幫他，現在他身體裡那些內臟都是消耗品，裡頭種著珍貴魂魄，那些內臟能夠提供力量，讓他對抗身上十四隻夜天使，但每隔兩、三天就得更換——這一切過程如果順利，這小子將不可限量——」

「到時候他會比安迪還厲害嗎？」莫小非興奮地問。

「那要非常、非常、非常順利才有機會。」駱大元苦笑了笑，搖頭說：「實際上不會那麼順利的，我準備了許多次一級的備用品，倘若他無法壓制那些手腳，便只好替他換上次級品；我的目標是讓他接近除了安迪以外的你們四個。」

「這樣也很厲害了呢。」莫小非笑著說：「駱爺，辛苦你啦，真的很謝謝你。那我先走了，我再帶前輩去看其他地方。」

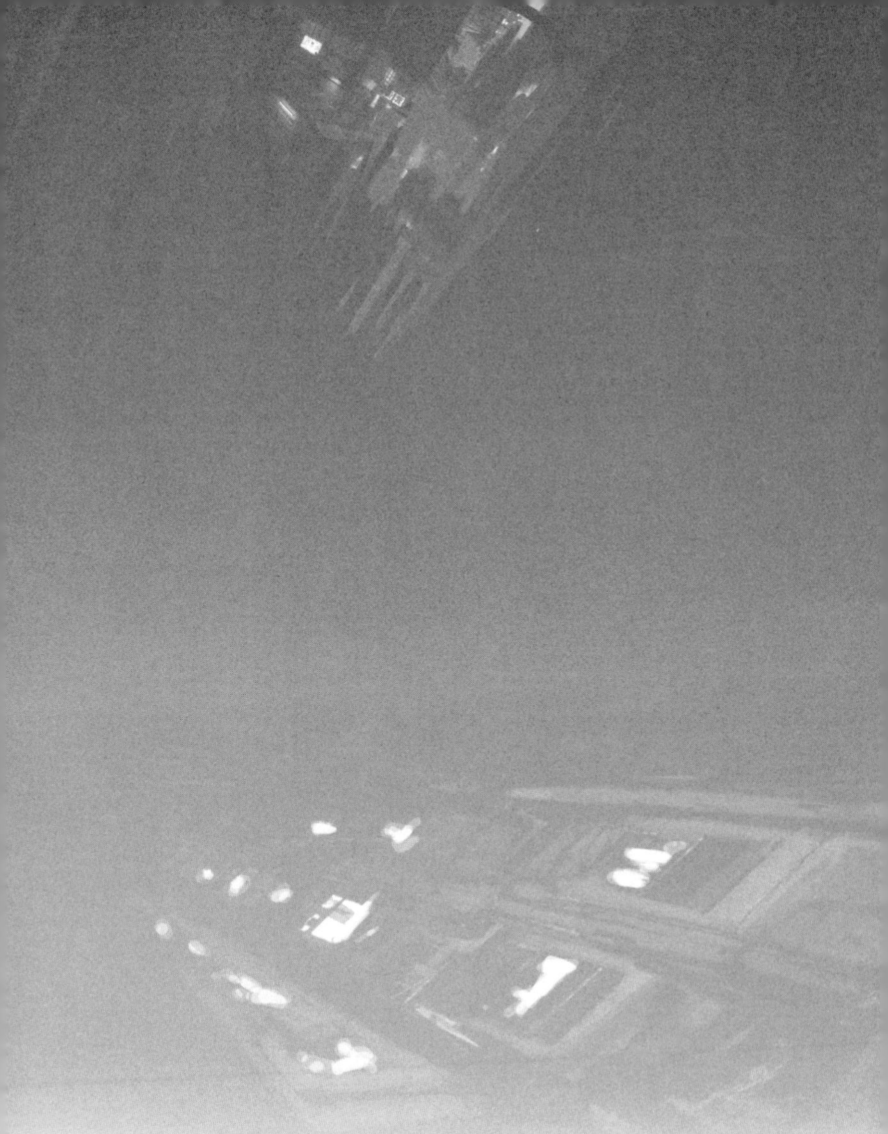

08地獄酒吧

「給我一杯特大杯的冰凍炸彈，給前輩一杯特大杯辣蠍子酒。」莫小非伸手扣了扣櫃檯，對著那面無表情的調酒師這麼說，還不忘補充：「蠍子得多一點。」

「是。」調酒師兩隻細長眼睛一紅一青，瞇成一條縫，動作俐落地取出兩個大號啤酒杯。他雙手抓著啤酒杯握把，低喃兩聲，左手閃動紅光、右手綻放青光，青光在特大啤酒杯內外覆上一層薄冰，紅光則將啤酒杯燒得微微發燙。

跟著他取出兩瓶酒，分別倒入一熱一冷兩只杯中；跟著，他在那冰凍杯子裡放入三塊透著奇異青光的冰塊，再夾上檸檬片、灑上紫蘇葉，最後擺上一顆櫻桃。

莫小非接過那「冰凍炸彈」，端到硯先生面前，在他鼻子前晃了晃，說：「嘿嘿，很棒喲。」她說到這裡，咕嚕嚕喝下一大口，長長呼了口氣。「九十五度的生命之水調出來的冰凍炸彈，太過癮啦——」

「妳喝什麼酒？」硯先生舔著嘴唇，急急地說：「我的辣蠍子酒呢？怎麼還不來？就妳一個人喝。」

「就快好啦。」莫小非指著那調酒師說：「人家正替你杯子裡挾蠍子呢，你說蠍子要加多點呀。」

「最好是多到滿出來。」硯先生這麼說。

調酒師揭開一只陶罈，用鐵夾子挾出一隻隻紅黑相間的巨大活蠍子，放入那滾燙的黃酒中。他一口氣放了七、八隻蠍子，當眞讓蠍子疊到杯沿外；最上頭兩隻蠍子沒被滾酒燙死，卻被調酒師那鐵夾子上的紅光燒得發紅，猶如木炭。

調酒師將兩條辣椒放在那蠍子身上作爲裝飾，還在握柄外裹了一條白毛巾，這才將酒遞上桌。

「你們兩個來幫忙。」莫小非喊來兩名高大俊美的服務生，要他們一個推輪椅，一個端著酒杯餵硯先生吃蠍子。

「快快快快，辣椒連著蠍子一起挾來！」硯先生迫不及待地催促，然後張開嘴巴，一口咬下那侍應生挾來的辣椒蠍子，還啜了口滾燙黃酒，咬得唏哩嘩啦，連連說好。他吃了幾隻蠍子，見那兩個服務生長相英俊，打扮卻有些怪異，一身結實肌肉沒穿上衣，頸際卻別著深紅色領結；胸膛上左右乳頭挾著銀色夾子，兩只夾子還繫著細鏈；腰部以下只穿著虎紋內褲，內褲後頭還露出一條老虎尾巴，雙腳則穿著虎掌造型的絨毛靴子。

「你們這是什麼狗屁模樣？」硯先生咬著蠍子，不解地問。

「前輩，他們都是阿君的男寵呢。」莫小非呵呵笑地提著酒杯，走向這酒吧深處，後頭兩名服務生也推著輪椅跟在她身後。

他們繞過幾個古怪包廂，沿著樓梯往上，來到一處更加古怪的大廳，那大廳有處高台，上頭林立幾支鋼管和各式各樣的古怪器械，鋼管上染著血、古怪器械則像是中古世紀的大型刑具；舞台上下則散落著千奇百怪的情趣用品和刀械道具，且上頭大都沾染著濃稠血漬和黏糊液體。

「這啥鬼地方？」硯先生轉動眼珠子左右亂看。

「這是阿君的遊戲室。」莫小非說：「她沒事的時候，常一整天泡在這裡玩。她有玩不完的玩具——我也是、鴉片也是，畢竟現在整個台北都是我們五個人的，嘻嘻。」

「這是在玩什麼？」硯先生見到那舞台下擺著一排半弧形沙發椅，就像是間個人劇院般，四周也堆著許多說不出名堂的金屬支架和大型道具，有幾面玻璃櫃子裡則擺著一盒盒未拆封的情趣用品和一罐罐藥品。

他們走出這個人劇場，來到一處像是廚房兼餐廳的寬闊空間，幾名廚師正忙著收拾那狼藉一片的餐桌和四周。

硯先生望著餐桌上擺著一個大鐵盤，鐵盤上盤坐著一個人。

那人說是人，但其實已不成人形。

他的雙手被鐵銬縛在背後，身上的血肉被利刃削去了大部分——乍看之下，有些像是烤鴨三吃的全鴨被刨去大部分皮肉後，準備炒骨前的模樣。

但這人還有著氣息。

兩名廚師將這「人」抬下鐵盤，放入廚房的巨大鐵鍋裡，還在裡頭加入各種根莖類食材，倒入清水，蓋上鍋蓋。

「阿君今天吃人肉沙西米呀。」莫小非說：「吃完骨架還拿來熬湯，她最近眞愛吃帥哥拉麵耶，嘻嘻。到時候我叫阿君分一碗讓前輩你嚐嚐看呀。」

「食人大魔不是沒見過，這種吃法倒是第一次見到……」硯先生愣愣地說：「幾百年前我也吃過人，但後來化爲人形，就少吃了……除非和他有仇，或是特別討厭他。」

「因爲你是狐，阿君是人。」莫小非笑嘻嘻地說：「要比花招，怎麼比得過人類，我們人類呀，花招最多了；阿君最喜歡帥哥，她喜歡玩帥哥、也喜歡吃帥哥，更喜歡一邊吃一邊玩——」

「人肉是啥味道呢？」硯先生像是沒聽見莫小非的話，自顧自地回想著往事。「都忘記啦……怎麼我什麼都不記得了呢？奇怪……」

「因爲呀，前輩你嘴巴上不承認，但實際上確實被黑夢影響了腦袋呀。」莫小非走在最前頭，將手上的冰凍炸彈一口喝盡，長長吁了口氣，說：「這兩天艾莫爺稍微調整了黑夢效力，你說話已經變得比較有條理了，我想再過幾天，你就能想起更多事。你要好好回想你的朋友壞腦袋喲，把他的一切祕密都告訴我們，這樣我們才能解開他腦袋裡的第十道鎖。」

他們走出那用餐空間，又經過許許多多「特殊主題空間」，這層樓是阿君的專屬俱樂部，裡頭一切設施都是配合阿君的個人興趣量身訂做。阿君是個重度性成癮者兼虐待狂，樓層中大多區域都與性和虐待脫不了關係。

這兩樓中除了調酒師和廚師等懷有專精技術的傢伙外，其餘那些高大英俊的服務生，最終都會淪爲阿君的「玩物」。

然後再變成「食物」。

沾染著腥紅污血的門推開，是一處寬闊的淋浴間，地上鋪著木質地板，佇著兩名英俊男人，他們見莫小非等人進來，立時捧著白色毛巾上前迎接。

「我不是來洗澡的。」莫小非指指樓上，說：「我帶前輩來找阿君聊天，她在忙嗎？」

「外頭的人會替妳通報。」兩名英俊男侍維持著專業笑容，抓著雪白濕毛巾將白骨輪椅整個擦拭一遍，還替莫小非和兩名服務生換上室內鞋，這才揭開這淋浴間另一端的門，放他們出去。

淋浴間外頭，是一處猶如高級住宅接待大廳的空間，左側是櫃檯，右側是電梯，前方壁面懸著名畫，底下擺著沙發和小桌，小桌上擺著一具古董電話。

英俊的櫃檯人員撥了電話，跟著將話筒遞給莫小非。

莫小非接過話筒隨口講了幾句，掛上電話，轉身對那兩個穿著虎紋內褲和領結的服務生說：「你們走吧，我自己帶硯先生上去就行了；她呀，現在的身分是賢慧新婚人妻，你們兩個傢伙的樣子太奇怪了。」

「前輩，待會你可不能亂說話喲，不然會壞了阿君好事。」莫小非推著硯先生走入一旁那私人電梯，卻遲遲沒有按下樓層鍵。

「壞了她什麼好事？」硯先生說：「我又亂說什麼話了？」

「別提剛剛見到的那些……全部啦，包括黑夢裡的一切都別提。」莫小非這麼說，歪著頭想了想，像是仍不放心，便拍了拍掛在硯先生肩上那壞腦袋的草紮人頭，說：「麻煩你了，壞腦袋，暫時讓前輩閉嘴吧。」

她這麼說時，順手畫了個印，往壞腦袋的身軀後背輕輕一按。

「……」硯先生瞪大眼睛，嘴巴張張闔闔，一點聲音也發不出來。

「前輩，委屈你啦。」莫小非這才按了上樓鍵。「我們上去和阿君打個招呼就下來，眞可惜沒讓前輩見到阿君『玩遊戲』呢，下次我先跟她約好時間再帶你來。」莫小非拍了拍硯先生的腦袋，她的掌心發出幾陣光芒，覆蓋上硯先生全身和白骨輪椅。

那白骨輪椅的外觀幻化成一般正常輪椅模樣，掛在硯先生肩頭上的壞腦袋則變成了點滴；便連硯先生身上裝扮也開始變化，他的上身多了件小棉襖，腿上化出一張毛毯，還穿上鞋襪，頭上則戴了頂毛線帽，還生出滿嘴白色長鬍。乍看之下就像是個小了好幾號的聖誕老人。

「……」硯先生一雙眼珠子骨碌碌地亂轉，只見電梯很快再次打開，門外是一處素雅玄關。

「你們來啦。」邵君此時身穿素色連身長裙，戴著及肩假髮，臉上那些耳環、鼻環和舌環全沒戴著，而是薄施淡妝，與她平時模樣差異甚大。

此時的她，除了身高較爲突兀之外，看上去就像是個賢慧的家庭主婦。

「姊姊——」莫小非堆著滿臉笑容，上前給邵君一個大大的擁抱。「我帶爺爺來看妳了。」

「我來。」邵君望向硯先生，微微堆起笑容，上前握住輪椅握把，將輪椅往客廳推。

客廳並不特別奢華，沒有名畫和高級飾品，像是個尋常小康家庭的客廳。

一個中年男人站在那開放式廚房，轉過頭來，開朗地說：「小非來啦——我剛好在煮咖啡，妳也來一杯，咦——這位是……是邵君的爺爺？」

「是啊。」莫小非嘻嘻笑地拍拍硯先生的肩，做了個鬼臉說：「是邵老爺子喲。」

男人端著三杯咖啡來到沙發坐下，邵君輕啜了口咖啡便放下杯子，窩進中年男人懷裡，中年男人個頭也高，一手摟著邵君、一面品味咖啡，不時在邵君額頭上輕吻一口，看上去就像是對新婚夫婦般。

「好甜蜜喲。」莫小非捧著咖啡咕嚕嚕喝著。「你們打算去哪度蜜月呀？」

「倫敦七日遊——」中年男人笑著說：「只是第一站，跟著是荷蘭或者比利時，然後是法國巴黎，然後德國、奧地利、義大利、希臘……我們打算把整個歐洲玩一遍；然後飛美國。」

「哇——」莫小非睜大眼睛，露出欣羨的神情，說：「這樣沒有兩、三個月玩不完吧。」

「歐洲預計待四個月。」中年男人挑挑眉說：「美國不一定，看情形，說不定會去加拿大；跟著是澳洲，然後東南亞、日本、韓國，我們計畫度一整年的蜜月。」

「好好喔——」莫小非連聲讚嘆，一旁的硯先生則擠眉弄眼，像是有滿腹牢騷想講。

鈴鈴、鈴鈴——

一旁電話響起，邵君接起電話應了幾句，跟著掛上，轉身對那中年男人臉上吹了口氣。「晚了，睡吧。」

中年男人立時雙眼發直，站起身來，夢遊般地僵直著身子往臥房方向走去。

「安迪要我們下去開會。」邵君站起身，跟著大大伸了個懶腰，一把摘下那及肩黑髮，露出染成淺紫色的平頭，轉身往客廳另一邊廊道走去，邊走還邊脫下那素色連身裙，裡頭赤裸裸地什麼也沒穿。

莫小非推著硯先生跟在後頭，伸手在壞腦袋背上拍了拍，囑咐幾句，硯先生立時能夠說話了，他說：「幹啥把我弄啞了？」

「怕前輩你亂說話，嚇著她先生吶。」莫小非這麼說：「你剛剛沒聽他們要去度蜜月嗎？先去歐洲，再去美國、加拿大，然後是澳洲、日本……一整年的蜜月耶，以前要是有人帶我度蜜月一整年，我一定嫁給他，呵呵。」

「哈哈。」邵君朗笑兩聲，伸手在廊道中的壁面輕扣兩下，揭開自壁面浮出的衣櫥，從中取出內衣褲和黑色皮衣皮褲穿上。「說說而已，又不會眞的去。」

「以後隨時想去都能去呀。」莫小非這麼說。「不過到那時候，阿君妳身邊的男人應該換了其他人吧；這個妳打算玩多久？」

「三天……頂多五天吧。」邵君帶著莫小非來到廊道盡頭，伸手扣了扣牆，喚出一道門，推開門又是一處寬闊玄關，對面那巨大鐵柵欄便是貫通整座萬古大樓的鐵欄電梯。

「當個賢慧人妻眞是好無趣。」邵君走入那鐵欄電梯，她的臉已經恢復成正常時的模樣，臉上是深色眼影和艷紅口紅，耳朵、舌尖都勾上了銀環。「跟我想像中一模一樣。」

「那妳要怎麼吃他？」莫小非問：「生吃？還是煮熟了吃？」

「還沒想過。」邵君按下樓層鍵，想了想。「我還在想怎麼收尾——我勾搭男人，讓俊豪抓姦在床，或是……讓幾個匪徒衝進我家，綁著我們，在俊豪面前凌辱我，逼他看……」

「然後劇情急轉直下，阿君姊哇哈一聲，一口咬掉一個匪徒半邊臉！」莫小非哈哈大笑：「如果是這樣，一定超有趣的，他一定傻眼！阿君姐，到時候可以找我一起看嗎？我裝成其中一個綁匪，或是……」

「或是跟我一起被匪徒欺負。」邵君笑著說：「有空找一天來選一下匪徒名單。」

「妳們說什麼，我一句都聽不懂吶。」硯先生大聲抗議：「妳們現在又要帶我去哪呀？」

「去二十樓會議大廳呀。」莫小非說：「前兩天不是帶你去過嗎？我們都在那兒開會呢。」

電梯鐵欄打開，二十樓會議室內空曠簡陋，四周全是水泥毛胚構造，聳立著一柱柱方形水泥柱，正中央擺著一圈單人沙發，每個沙發旁各自擺著獨立的小圓桌，幾名西裝筆挺的侍者正替每張小圓桌擺上甜點和紅酒。

安迪窩在沙發上翻著書，艾莫和麗塔並肩坐在一張雙人沙發上，他們沙發旁的小桌子，也比其他小桌略大些，莫小非和邵君各自入坐，鴉片和駱大元也隨後來到，坐進自己的座位。

「宋醫生還在搞他的種子？」莫小非見到斜方一個空位空著。「他明天不去三重？」

「他會去。」安迪說：「我聯絡過他了，他會帶著一株草去試試威力。」

「哼，那個小氣鬼。」莫小非大聲抱怨。「他一個人獨佔所有的草，都不分給我們。」

「當初說好啦。」安迪笑著說：「獨自搶到的戰利品屬於個人，那些神草種子從頭到尾都是宋醫生在追，本來就屬於他。」

「哼，阿君攻下四號公園那結界，裡頭發現一些黑夢研究手記，也跟大家分享吶。」莫小非這麼說。

「那不一樣呀。」安迪哈哈笑了笑。「那些筆記關係著黑夢的力量，阿君獨佔著也沒意義，讓艾莫和麗塔研究，對大家都有利。」

「妳想玩那些草，自己跟宋醫生要。」鴉片哼了哼說：「我對種花、種草一點興趣也沒有，他要獨佔就獨佔囉。」

「我要過啦，他不給我！」莫小非嘟著嘴說。

「那些筆記我大致看過了。」艾莫緩緩開口，臉龐、頸子上的符籙文字依舊微微閃動著火光，一旁麗塔端著紅酒輕輕搖晃，左半邊臉冷峻美麗，右半邊臉老邁黯淡。

「裡頭是一些針對黑夢弱點設計出的反制法術。」艾莫這麼說：「應該是過去一些受迫參與黑夢研究的術士們暗中研究出來，再伺機外流。」

「所以眞的有效？有沒有辦法把漏洞補上？」安迪問。

「理論上可以，但實際上需要不少時間……」艾莫說：「當初黑夢研究計畫有許多人參與，每個環節都需要進行一次又一次的測試，現在只有我和麗塔兩個人，這時間不知道要耗上多久，除非——」

「打開壞腦袋腦袋裡的第十道鎖。」安迪、莫小非等一齊問。

「是。」艾莫點點頭，說：「當我們掌握那顆腦袋全部力量時，那些零星瑣碎的反制法術就一點也不足爲懼了。」

「小非。」安迪望著硯先生。「硯先生這兩天情況如何?」

「每天喝酒吃蠍子，開心得很，他現在講話正常一點了。」莫小非說：「但是關於壞腦袋的往事，還是記不起太多。」

「我一點也不開心。」硯先生嚷嚷地說：「你們綁著我，我動也不能動，怎麼會開心；況且我不是壞腦袋的老子、也不是他兒子，他的狗屁往事我怎麼會知道，我只找他打架而已。」

「不行吶前輩。」莫小非望著硯先生。「你要盡量想，這對我們很重要，就算是打架的記憶也行吶，你要把每一場架的過程都回想清楚，他是怎麼施展法術、怎麼被你打敗，全告訴我們。」

「我哪會記得這種鬼事!」硯先生翻了個白眼，說：「我跟他打架，是幾百年前的事了呀，我打過成千上萬場架，難道妳記得妳打過的每一場架嗎，臭丫頭!」

「不行啦。」莫小非搖頭說：「你一定要認眞想，我想不起來還是有酒喝，你再想不起來我就不餵你吃蠍子了!」

「哼哼，妳這個……」硯先生瞪大眼睛，想不到莫小非竟這麼威脅他。他咬牙切齒半晌，總算投降。「好吧，我會認眞想，但我要吃蠍子。」

「好，我餵你吃蠍子，你認眞想。」

「好，我認眞想。我還要蜘蛛、蜈蚣……你們這些瘋子，要弄到蜘蛛、蜈蚣什麼的不難吧。」

「不難是不難。」莫小非攤攤手。「我就搞不懂這些東西有什麼好吃。」

「別講那些廢話，明天怎麼打？」鴉片不耐地挪了挪身子，望著安迪：「哪些人去？」

「我會去。英國鼎鼎大名的紳士、淑女的結界，不親眼看看，太可惜了。」安迪淡淡笑著說：「你們去不去，看你們囉。」

「去啊。」鴉片扳著手指。「爲啥不去，聽說泰國第一打手也在那，嘿嘿。」

「空手道打膩了，想打打泰拳啊。」莫小非說：「你手下不是也有泰拳手嗎？」

「那些廢物差遠了，連當我對手的資格都沒有。」鴉片哼哼地說。

「阿君，妳去不去？」莫小非轉頭對邵君說：「再去找幾個備用老公啊，這次玩玩日落圈子設定——心狠手辣的晝之光殺手，俘虜了四指美女，卻情不自禁愛上她，啊，好羅曼蒂克呀——」

「太老套了。」邵君搖搖頭。「不如……我比較想讓他們自己玩。他們當中應該有情人吧；看著出生入死的夥伴，玩著自己的另一半，這樣比較過癮。」

「妳們囉嗦一堆，到底去不去啊？」鴉片瞪大眼睛問。

「去呀，好久沒動手了。」莫小非站起身來，舒伸手腳，說：「宋醫生幫我接上的手腳，應該恢復了吧，哎呀——我的戒指還沒做好嗎？」

「好了。」安迪拿起圓桌上一只小盒，往莫小非輕輕一拋。

「哼，安迪——」莫小非嘟起嘴巴，揚手接著那小木盒，說：「我不喜歡你這樣給我戒指，把我當哥兒們啦？你應該溫柔點，把我摟在懷裡，再打開給我看呀。」莫小非這麼說，卻仍好奇地揭開那木盒，忍不住驚呼出聲。「天吶，好美！」

「這是麗塔的精心之作。」安迪瞅了艾莫身旁的麗塔一眼，說：「那顆寶石本身就十分珍貴，是奧勒最寶愛的寶石，妳可別再弄丟囉。」

「我才不會弄丟戒指呢，上次的戒指是被前輩硬搶走的啦。」莫小非將那戒指從木盒中取出，拿在手上細細打量——

只見那戒指戒環色澤漆黑，但不時閃動著耀眼的金銀光彩，戒面上那顆碩大紅寶石中，隱隱透著如同極光般的奇異彩光和一陣陣星河光點，像是藏著一個宇宙般。

「好像太大了呢……」莫小非將那戒指戴上拇指，感到有些鬆動，微微露出失望神情，但隨即轉而驚喜。原來那戒指的戒環像是有著生命般，戴在手上時，戒環內側會浮突出一圈柔軟內襯，牢牢箍著她的手指，任其揮手甩動也不會脫落，除非她主動伸手摘戒，柔軟內襯才會收回。

她脫脫戴戴數次，見那戒指每支手指都能牢牢戴著，歡喜之情溢於言表，轉身奔到麗塔面前，給了她一個大大的擁抱。「謝謝妳，麗塔姊。」

「這沒什麼。」麗塔淡淡笑了笑。

莫小非握著那戒指走到眾人中央，輕輕跺了跺地，只見一叢叢艷紅玫瑰自她腳下竄長綻放，鋪地毯似地飛快向四周擴散，一路鋪到眾人座下沙發。

「哼。」鴉片彈了記手指，他座下的沙發外圍像是出現了一層無形護罩，隔開那片鋪來的玫瑰。

邵君朝那襲來的玫瑰拋了個吻，腳下竄出一片奇異怪蛇，那散開的怪蛇群與鋪來的玫瑰花海糾纏成一塊，一條條細蛇在玫瑰花葉間撩繞鑽探，或是往花蕊突竄蠕動。

安迪微微笑著，任那些鋪來的玫瑰淹過他踏著拖鞋的雙足，跟著微微彎腰，笑著摘下一朵玫瑰，捏近鼻端嗅了嗅。「很香。」

「送給妳，麗塔姊。」莫小非嘻嘻一笑，那玫瑰地毯在艾莫和麗塔面前高高隆起一座小塔，塔上的玫瑰開得特別茂盛，啪啪噠噠地伸出一支綠藤糾纏成的人手，抓著一把除去莖刺的玫瑰捧花，遞給麗塔。

麗塔笑著接過那捧玫瑰，往艾莫肩頭倚去。

「艾莫。」安迪望著艾莫。「明天你跟不跟我們去？紳士、淑女應該算是你老敵手了，你要不要去看看？」

「不了，他們不算是我老敵手，我也無意與任何人爲敵。」艾莫搖搖頭，面無表情地望向遠方，像是對黑摩組眾人的計畫一點也不感興趣。

09獵狐

「臭老太婆、臭婊子……你們有種就出來跟我決一死戰……」

漆黑昏黃的廊道裡，夏又離步履蹣跚地倚牆走著。

此時他的身子仍然由硯天希控制。

「他們到底躲在哪兒？爲啥這鬼地方怎麼走都沒有盡頭？」硯天希疲累地揺著胸口，說：「臭小子……你說話呀，你睡著啦？」

此時距離眾人相會、共進晚餐、硯天希奪下夏又離身子大肆胡鬧那晚，已過了三天。

起初穆婆婆只想把硯天希攆出雜貨店，任她在外發瘋，但硯天希非吵著要將那百寶樹奪到手，還要孫大海和青蘋做她奴僕，替她種樹產果子。她施展墨繪術在穆婆婆結界裡橫衝直撞、破門毀牆，說要掀了穆婆婆整間雜貨店。

被惹毛了的穆婆婆，在硯天希前後左右增加了百條廊道、千扇門窗和無數空房間；不管硯天希踹破多少扇門，衝過多少條廊道，仍找不到出路，房間外頭還是房間，廊道盡頭是新的廊道。

她便這樣在穆婆婆的結界裡受困整整三天。

第一晚她鬧累了，躲入一間空房睡了數小時，醒來繼續破壞大鬧；第二晚開始，每當她困倦準備休息時，四周門窗便會轟隆隆一舉揭開，人影晃動、殺聲震天。

但一旦硯天希使出墨繪術準備應戰，那陣陣人影殺聲便又立即止息——大夥兒知道這百年狐魔魄質豐厚，施展墨繪術時力大無窮，若是正面硬戰必難全身而退，決定仗著結界裡那古井源源不絕的魄質，操使結界術一點一滴消耗硯天希的體力。

小八本來便懂得幾項簡單指揮雜貨店結界的法術號令，安娜也是結界術好手，再加上青蘋和穆婆婆，眾人分為四個班次，不分晝夜騷擾硯天希，一點一滴消耗她的體力。

硯天希因此足足超過五十個小時未曾闔眼，沒吃東西，甚至滴水未進。

「我好渴啊……」夏又離虛弱地發出聲音。「我們投降吧，天希……」

「投你爸爸降你媽！」硯天希怒氣沖沖地說：「只要我離開這鬼地方，找個地方好好睡一覺，吃飽喝足，肯定回來殺光這些混蛋！」

「妳根本出不去啊……」夏又離無奈地說：「穆婆婆的結界太厲害啦……」

「厲害個屁！」硯天希忿恨地說：「我會一種破壞結界的法術，施展出來，會跑出一堆小兔……不，一堆小狗，咦？也不對……總之只要我想那法術，這破爛結界我才不放在眼裡……現在我只是睏了。」

「妳想睡覺嗎？」安娜的聲音自廊道尾端一扇緩緩敞開的門後傳出。

「臭婊子，總算要現身啦！」硯天希哼地一聲縱身飛奔到那門前，門內是間豪華套房，有桌、有床，還有一個大浴池。

「喝！」硯天希唰地出墨畫咒，揚開一雙破山大拳頭，躍到床上轉身四顧，卻沒見到安娜身影。

她的視線停留在餐桌上那數盤猶自冒著蒸煙的美食，有烤雞、牛排和生魚片，美酒、果汁和一大盤模樣古怪的大果子——那是百寶樹生出的果子。

「……」硯天希以夏又離的舌舐了舐唇，狐疑地躍下床，走近那餐桌，只見滿桌美食倏地消失，只剩下兩顆碩大果子。

兩顆果子香瓜大小，一顆完整、一顆剖爲兩半，果肉切面像是西瓜，濕潤晶瑩，上頭還斜斜插著一支鐵湯匙。

「哼、哼哼哼……」硯天希咬著下唇，盯著那剖半的大果子半晌，捏起鐵湯匙舀起一大杓果肉，端至鼻端嗅了嗅。「想騙我……一定有問題……那些混蛋想毒死我……」

「他們都是朋友，不會想毒死妳啦……」夏又離無力地說：「再不喝點水，渴都渴死了……」

「臭小子，你嫌渴可以喝尿呀！」硯天希氣憤怒罵，捏著鐵湯匙將那剖半果子插得稀稀爛爛，越想越氣，揮動破山大拳轟隆一聲，將那兩顆果子和餐桌一拳擊爛，仰頭呼嘯：「你們為什麼這樣欺負我？出來、出來！臭婊子、臭老太婆，出來——」

「妳搶孫大海果子，還要人家祖孫當妳僕人、替妳種樹，又拆穆婆婆房子，從頭到尾都是妳在罵人，還說人家欺負妳！」夏又離忍無可忍地大吼：「硯天希！妳無理取鬧也要有個限度——」

「……」硯天希瞪大著那雙不屬於自己的眼睛，呆愣愣地站在原地，好半晌才說：「我只是想吃果子……我怕不趁能動的時候吃多點，身體又被你搶走啦……」

她說到這裡，突然抖了抖肩膀，哽咽起來：「為什麼我要被困在你的身體裡，你到底是誰？你為什麼罵我？」

「我……」夏又離無奈地說：「我們在一起過了很長的時間，妳陪著我長大，但現在妳什麼都想不起來，妳要我怎麼跟妳解釋呢？」

「我是在問——你憑什麼罵我？」硯天希的聲音突然提高，也收去了哭音，露出怒意。「你這臭小子，想要教訓我，先打贏我再說，出來──」

她一面說，一面出墨畫咒，再次讓破山咒附上雙拳，蹦蹦跳跳四處亂打起來。

「這是我的身體，我怎麼出來啊？」夏又離見硯天希又開始躁動，無奈回嘴：「要出來也是妳出來才對啊！」

「你以爲我不想離開你這臭身體？」硯天希怒吼一聲，四處亂蹦，蹦入那寬闊浴池，裡頭雖然霧氣蒸騰，但浴池裡其實沒有一滴水，硯天希望著壁面那等身高的大鏡子，怒瞪著鏡子裡的夏又離面容。「你以爲我喜歡待在這臭身體裡？你以爲我喜歡每天用你的臭嘴巴吃東西、抓你的臭東西撒尿？」

「我也不想這樣啊……」夏又離唉聲嘆氣。

「看到這臭東西我就有氣！」硯天希揭開褲頭，往褲子裡瞧，然後左顧右盼，再次將視線放在那等身鏡子上。

「呃……天希、天希，妳想幹嘛？」夏又離感到一陣寒意。

「如果你這臭身體死了，我應該就能出來了吧。」硯天希的語氣冷若冰霜。

「不……誰說的！」夏又離急忙喊著。「我死了，妳也會一起死。」

「那就一起死啊！」硯天希怒吼一聲，轟隆一記破山大拳砸向那面大鏡，將鏡子打得四分五裂。她隨手抓起一片玻璃碎片就往頸子插，但尚未插著頸子，那玻璃碎片已經化爲煙霧散去。

「哼，臭婊子、臭老太婆，妳們躲著偷看我對吧——」硯天希憤然大吼：「不讓我走、不給我水喝、不讓我睡覺，行！但妳們想阻止我殺這小子，門都沒有——」

她說到這裡，高高蹦起，一頭往那石造浴池撞去。

整座石造浴池轟隆隆塌陷，同時張開一面髮絲結成的大網，牢牢接住撞來的硯天希。

「喝！」硯天希出墨畫咒，招出一片火鳥，瞬間燒燬那張髮網，她倏地落地，只見周身漆黑陰暗，剛才的豪華套房似乎已成泡影。

四周空蕩蕩的，立著一片水泥方柱，猶如地下停車場。

遠處走來一個身影，那身影高挑婀娜，一身黑色緊身衣，是長髮安娜。

「妳不是想打架？」安娜交扠著手，輕佻笑著。「妳叫我一聲安娜姊姊，我單手讓妳，好嗎？」

「臭婊子——」硯天希怒吼一聲，先是揚出一陣火焰大鳥衝鋒，跟著揮動破山大拳直直朝著安娜衝去。

轟隆隆一陣火焰爆炸，硯天希衝出火光，卻不見安娜身影，氣憤大罵：「臭婊子不是要打架，又躲去哪了？」

「我腿長，速度快。」安娜的聲音自硯天希背後發出，她倚著水泥方柱笑著說。「妳追不上我，怎麼打？叫我安娜姊姊，我單腳讓妳呀。」

「我追不上妳？」硯天希怒極，反手將身旁那水泥方柱砸出一個坑，雙足一蹦，閃電般竄向安娜。

但她旋即感到雙腿被什麼東西絆著，身子不受控制地往前撲倒，儘管她飛快起身，但安娜再次不見人影，她低頭一看，小腿上纏著一圈黑髮。

「我要扯光妳的頭髮，還要——」她憤怒大罵，還沒罵完，只見四周方柱轟隆隆動起來，全往硯天希推來；安娜的身影在那方柱間穿梭飛繞。

「臭婊子！」硯天希揮動破山巨拳東砸西捶，打裂一柱柱水泥方柱，甚至再畫咒，讓背後附上一副漆黑骨架——墨繪術力骨咒。

能夠劇烈增強體力的力骨咒，加上讓雙手巨大化的破山咒，是硯天希所會的墨繪術裡，讓己身發動最大近戰力量的法術組合。

此時她操使著夏又離的身體，猶如一頭出閘猛虎，揮拳擊碎一柱柱水泥柱，卻怎麼也追不著安娜。

磅的一聲，她一記猛擊，打向陡然逼近她的安娜。

安娜側頭，讓她的拳頭擊在身後水泥柱上，只擊出一陣灰和幾道裂痕。

「妳的速度變得更慢了。」安娜笑嘻嘻地望著夏又離的雙眼。「妳的力量終於要耗盡了。」

「放屁……」硯天希氣喘吁吁，那依附在夏又離背後的黑色力骨崩出一道道裂痕，那雙破山大拳也變得虛軟無力。

力骨咒本便極耗施咒者的精力魄質，她三天未闔眼、未進食、未喝水，早已透支了體力，剛剛一陣暴怒亂擊，將她全身最後的魄質也榨得一乾二淨。

「又離！」「我們來救你啦！」夜路和盧奕翰的聲音左右傳來，他們自兩柱逼近的石柱中穿出，一左一右地架住夏又離兩隻胳臂。

同時，地面翻騰滾動，湧出大片毒蛇，那些蛇層層疊疊往夏又離身上爬，一條捲著一條，緊緊纏著他兩條腿，卻未咬他一口。

郭曉春轉著那柄淡青色的毒蛇傘，也自一柱石柱後方走出。唰地一聲，數條粗如嬰兒胳臂的黃金葛莖藤飛梭捲上夏又離背後那漆黑力骨，緩緩往後拉，像是想將力骨硬拔離體。

孫大海和青蘋遠遠走來，他倆一人捏著一大截黃金葛藤蔓，這段時間青蘋將黃金葛種在穆婆婆睡房外小庭院的古井旁，日夜吸取古井魄質，長得碩大茂盛，最大片的葉子幾乎有一般麻將桌那麼大，最粗的莖藤也有成人胳臂一般粗，摘下來的分支藤蔓，蘊藏的力量也比以往強大太多。

「對，就是這麼扯——」孫大海雙手拉著黃金葛莖藤，教導青蘋使用方法，這兩日青蘋在孫大海參與指導下，操使黃金葛的技術也突飛猛進。

「可惡……好不要臉……這麼多人欺負我一個……」硯天希氣憤怒罵，再次張開雙掌，正要出墨彎指畫咒，卻發現左手掌已經出不了墨，右手掌雙指沾著了墨卻來不及畫，便讓面前安娜甩來的長髮緊緊纏著手掌，讓她無法畫咒。

安娜抆著雙手，長髮捲著夏又離整個上身，緩緩後退，指揮著夜路、盧奕翰和郭曉春，將夏又離一步一步往前拉；孫大海和青蘋則操使著黃金葛藤蔓，捲著夏又離背後的力骨往後退。他們想要將這墨繪力骨硬拆離夏又離的身子。

倏、倏倏——夏又離一雙破山拳頭冒出煙霧，逐漸回復成常人胳臂粗細，硯天希的魄質幾乎見底，但背後那力骨卻死也不退。

「可惡、可惡、可惡！」硯天希憤怒哭罵起來。「混蛋、混蛋、混蛋、混蛋，你們到底想怎樣？」

啪啦一聲，力骨終於被脫離夏又離身體，在半空中碎裂散開，化成一陣黑煙，硯天希再也使不出半點力氣，夏又離身子一軟、腦袋一垂，像是暈了過去。

□

「臭小子、臭小子、臭小子，我想起來了！」

硯天希的聲音自夏又離喉間發出。

「妳想起什麼？」夏又離對著馬桶小便。

「我想起我那那破壞結界的法術了。」硯天希興奮地說：「我教你，你記下來，逮著機會施展，我們就能逃出去了！『迷小狗』，我那破壞結界的法術叫『迷小狗』，也是墨繪術其中一種。」

「不對吧……」夜路的聲音自夏又離背後傳來。「我記得不是叫『迷狐狸』嗎？」

「是啊。」盧奕翰的聲音跟著響起。「我也記得是迷狐狸……」

「迷狐狸沒錯。」夏又離嘆了口氣，拉上拉鍊，在一旁的洗手台洗了洗手——此時他模樣古怪，穿著連身雨衣，戴著一雙特製而厚重的硬質露指手套，那手套看起來像是裹著石膏，這是爲了防止硯天希再次奪回他的身體而做的防範措施，在手套和雨衣的阻隔下，讓硯天希無法在第一時間沾墨畫咒。

這小房間模樣就像是牢房，有小桌、小床、馬桶和洗手台，其中一側有著厚重鐵欄，鐵欄上黏著禁咒符籙。

夏又離在這兒足足睡了十二個小時，醒來後發現終於能控制自己的身體，好好飽餐一頓，跟著連硯天希也醒了。

「狗屁，什麼迷狐狸！」硯天希的聲音怒氣沖沖地自夏又離喉間發出。「你們懂個屁？墨繪是我的法術，怎麼可能你們知道而我不知道。」

「天希還是瘋的……」夜路搖搖頭，啃著果子說：「到時候幫得上忙嗎？」

「多少還是可以吧，天希再怎麼樣，也不致於反過來幫安迪打我們吧。」盧奕翰說。

「誰說的！」硯天希說：「我就要幫安迪打你們，我要打死你們，把那臭婊子的頭髮拔光！」

「如果有協會的藥，天希應該還是可以恢復正常。」夏又離望著盧奕翰，說：「有沒有辦法聯絡協會，弄到一些藥。」

夏又離和硯天希在台北分部淪陷前，定時會去協會接受治療，那能夠穩定他和硯天希共用軀體的狀態。

「沒辦法。」盧奕翰攤攤手，說：「那時候黑摩組攻得太急，我們很多人連那分部大樓都沒逃出，更別說帶藥了——不過現在協會外國分部人力已經在集結了，一部分已經進駐中部封鎖線了，如果能連絡上魏云醫生，應該幫得上忙，但……」

「但魏大醫生應該不可能過來。」夜路接著說：「一定要我們去找她才行。」

「應該說，協會不會分人過來，我們只能選擇死守這個地方，或是撤退到中部封鎖線。」盧奕翰補充。

「所以……」夏又離點點頭，說：「因為穆婆婆不肯走？所以大家陪著她？」

夜路和盧奕翰相視一眼，望著夏又離點點頭。夜路神祕兮兮地說：「其實我跟奕翰本來有個打算，只是現在又多出一堆人……」

「死老太婆不走，我要走啊！」硯天希怒罵：「你們這樣關著我幹啥？」

「如果情況許可，乾脆又離你退往中部封鎖線，我們留在這裡。」盧奕翰說：「但我們可能沒辦法送你去，我和夜路還有點事情要做……」

「我自己一個人，肯定走不到目的地……」夏又離說：「只要天希又搶回我的身體，說不定又殺過來搶果子了。她每天醒來，就像是重開機一樣，前一天講過的事情又忘得一乾二淨……」

「誰說的！」硯天希大聲反駁：「我記得的事情可多了，你說我們是一對戀人，還做過愛不是？」

「那是在夢裡……而且現在不要講這個好嗎！」夏又離尷尬地朝胸口低斥，跟著向豎起耳朵的夜路和盧奕翰解釋。「有時她安分點，我會講些之前我們相處的情形給她聽，有時她好像會想起一些事，但睡醒又通通忘了……」

在過去白晝時，夏又離和硯天希共用一副軀體，硯天希透過夏又離的眼睛見到他見到的一切事物，包括鏡子裡夏又離的樣子，又離卻見不到硯天希；然而到了夜裡入睡時，他們便能夠在夢中相見，夢中的硯天希能夠變成人形，他們在夢中度過許多甜美時光。

「幹啥，你怕羞啊，又不是小孩子！」硯天希說：「這小子跟我說，他在夢裡最喜歡我幫他——」

「喂喂喂，妳幹嘛又搗亂啊，妳安分點行不行？」夏又離哇哇大叫，提高音量蓋過硯天希的說話聲。

「又離，這就是你的不對了！」夜路皺起眉頭，啃著果子，說：「天希說得沒錯，你也不是小孩子了，怕什麼羞；她不是你的附屬品，擁有獨立的人格權，你必須尊重她，她有言論自由的。」

「嗯……」盧奕翰扠著手，緩緩點頭。

「就是說嘛！」硯天希也嚷嚷起來。「你不讓我說，我就偏要說，他啊，他還說——」

「你們兩個別無聊了！」青蘋的聲音自鐵欄外傳來，她扠著腰，瞪著夜路和盧奕翰。「安娜要在外圍布陣了，需要人手幫忙。」

「好，馬上來。」夜路咬著果子，彈了記手指，對著夏又離說：「天希娘娘，這點妳得堅持著，不要讓又離爬到妳頭上了，下次問他更多話，這樣說不定可以想起更多事，然後，大家好好鑽研推理一番！」

「推你——」夏又離罵了句髒話，抬腳作勢要往夜路屁股踹，跟著低聲對胸口說：「下次別講這些，他會把妳寫進他的小說……」

「寫進小說？寫進什麼小說？」硯天希不解地問。

「他是寫小說的。」夏又離解釋。「他會把身邊的女人寫成花痴，通通愛他一個……」

「這點又離說得沒錯。」盧奕翰走到鐵欄外，在鐵欄上了鎖，對夏又離說：「有事就大喊，上面有通道能讓小八聽見你的聲音。」

夏又離抬起頭，只見上方有個通風口，小八和英武就將腦袋擠在百葉窗口的縫間往裡頭看，他們見夏又離望向他們，立刻將腦袋縮了回去。

「我就說那貓狗人不是個東西，喜歡吹牛。」

「但還是要看青蘋的意思。」

「……」夏又離聽小八和英武躲在通風口裡，討論青蘋究竟配夜路好，還是配盧奕翰好，一時也不知該插些什麼話，默默無語地爬上床，抱膝坐著。

「臭小子，我眞的忘了很多事？」硯天希的聲音再次響起。

「是啊。」夏又離嘆了口氣說：「妳有時連自己的名字都不記得。」

「怎麼不記得。」硯天希說：「我叫天希吶，你們不都這樣叫我。」

「那妳記得自己姓什麼嗎？」

「我姓……」硯天希停頓半晌，說：「我是狐狸，要什麼人類姓，我姓『狐』。」

「唉……」夏又離搖搖頭，不置可否，靜了半晌，又說：「反正只要捱過這段時間，等見到魏云醫生，她應該有辦法讓妳恢復記憶。」

「恢復記憶我就能離開你這臭身體了嗎？」硯天希問。

「不能吧，這是兩回事……」夏又離說：「當初我叔叔將妳封印進我身體裡，是爲了修補妳的魔體，照理說……妳的魔體已經逐漸煉成了，但之前我們在黑摩組裡——妳已經完全忘了那時候的事，對吧？他們在我身上釘下好幾支『釘魂針』，將我們的魂魄釘在一起。後來那些針雖然拔掉了，但針的效力還在，我的身體也一直受到影響，除非能完全消除釘魂針的效力，妳才能離開我的身體——其實魏云醫生已經想到大概的方法了，但她還沒研究完成，黑摩組就攻進協會，才搞成現在這個樣子……」

「嗯？」硯天希聽完，說：「照你這麼說，我會被困在你身體裡，是黑摩組害的。」

「本來就是。」夏又離又說：「妳跟他們那些人的仇可大了，妳記得『千雪』嗎？她是妳父親硯先生的舊情人，也是照顧妳長大的養母。妳和千雪在深山上過了近百年，一直無憂無慮，直到安迪上山，欺騙妳養母，還帶人圍攻妳們母女，想將妳們抓去獻給當時他們頭目……妳因此身受重傷，我叔叔爲了救妳，才將妳封進我身體裡的。」

「千雪……」硯天希若有所思，靜默半晌才說：「難怪你們一直說我的仇人是安迪……不過現在我也不知道你說的是眞是假呀，說不定你這臭小子說謊騙我。」

「我騙妳幹啥？」夏又離攤攤手，說：「看看我現在這樣子，我也不想和另一個人共用一個身體呀，不管做什麼都麻煩……」

「臭小子，你嫌我麻煩？」

「我不是嫌妳……我是說共用身體麻煩。」

「那就是嫌我！你這個混蛋，如果讓我出來，看我怎麼宰了你……」

「唉，隨妳高興吧……」

10封貘

夕陽將河岸對面的黑夢巨城映得紅橙一片。

站在河濱公園這頭，遠遠望去，那黑夢巨城某些樓房整片壁面，披上了青草綠葉，甚至從窗中長出大樹，和大樓外側交錯穿插的招牌、交通號誌融合成一種奇異景觀；有些樓房外飛繞著一群群奇異怪鳥，體型碩大的衛兵偶爾會伸手探抓那些怪鳥往嘴裡塞。

張意戴著麻布手套，一手拄著鐵鏟，一手拿著運動飲料往嘴裡灌，望著那奇異魔幻的黑夢巨城微微出神。

在他腳邊，有個約莫一公尺深的圓形坑洞。

「師弟，你發什麼呆？」摩魔火攀在張意頭上催促。「還剩最後一桶，幫忙啊！」

「喔！」張意連忙旋緊瓶裝飲料，走向陳順源和吳楓，他倆正替一個汽油桶大小的圓形木桶封上桶蓋。

張意在他們蓋上木蓋前，瞄了桶內一眼。

裡頭蜷曲著一頭貘。

貘沉沉睡著。

陳順源和吳楓持著麻繩，在那木桶外側五花大綁，捆縛層層繩結，貼上符咒封印。

張意和陳順源一人一邊，提著那木桶外側的麻繩，搖搖晃晃地來到那圓形坑洞旁。

吳楓捏著一張符蹲在那木桶旁，搖手唸咒將符引燃，對著木桶底部熏繞半晌；木桶底部噗地竄出一隻怪異小東西，抖了抖身子、睜開眼睛。那怪異小東西似蟲似鼠，和底部麻繩捆在一起，兩隻爪子又大又利，胡亂扒動著。

吳楓熏出那怪鼠後，扶穩木桶底部對準那圓形坑洞，三人將木桶穩穩放入坑中，直至木桶觸及洞底，猶自露出一大截桶身在土坑外。

木桶和坑洞間隙透出了陣陣青光——那木桶底部的掘地怪鼠開工了。

木桶開始緩緩下沉，整截露在土外的桶身全沉入洞裡，深入再深入，直到完全沉進坑洞底部；張意望著腳下那數十公分深的土洞，已不見整個木桶，便取起鏟子，將洞旁土堆鏟回洞裡，用腳踏實。

另一邊，老陸和菜刀伯，以及另幾個台灣晝之光成員，也將一輛小貨車上最後幾個木桶，陸續埋入土裡。

那木桶底下的掘地老鼠，負責挖掘臨時的結界井，將木桶送入數十公尺深的地底。而且掘地鼠的身軀和桶外的繩結、符籙，會一同化爲臨時的保護結界，讓桶裡的貘，能在黑夢壓境時，繼續安穩沉眠。

那些沉睡中的貘，經過一段時間後才會睜開眼睛，破桶而出，挖掘地鼠計畫中的「仿黑夢地道」。

這些時日，晝之光在整個三重乃至於更外圍市鎮，埋入土裡的貘超過五百隻，這些貘埋入的位置深淺不一，甚至每隻甦醒的時間都不相同，目的是讓牠們不規則地零星散布、分批動工，以免遭到黑摩組一網打盡。

太陽落下之後，完成了今日埋貘工作的一行人，聚在那小貨車附近扒著便當。

這些人全是晝之光台灣分部的成員，他們人手一個排骨或雞腿便當，自然不是從一般便當店購入的便當，此時三重甚至更外圍的市鎮，都受到黑夢淺層地帶影響，已經無法做出像樣的便當餐飲，這些便當是他們結界據點內的伙房供應的餐點。

「這陣子每天牛排、法國料理、大魚大肉，好久沒吃便當了。」老陸跟菜刀伯在拿到便當的十分鐘裡，就扒了個一乾二淨，立刻伸手拿了第二個。

「現在唯一的好處，是每天想吃什麼就吃什麼。」有人這麼說。「以前我們可沒吃這麼好。」

「是啊。誰都不知道下一次開幹是死是活。」有人立時搭腔。「吃飽一點，做個飽鬼，也好過做個餓死鬼。」也有人跟著補充：「不管做什麼鬼，都不要做四指的手指鬼。」「是啊，那樣太慘了……如果我被四指抓去煉指魔，各位兄弟幫點忙，往後碰到了，一刀給我個痛快。」「我也是……」

張意扒著便當，望著遠方在夜幕下亮起一盞盞五顏六色燈光的黑夢巨城。

長門坐在近河處一株樹下的大石上，微微昂著頭，似乎也望著河對面的黑夢城。

今日她的職責，是保護張意等人的安全。

「看起來很美，對吧。」陳順源也拿著第二個便當，用手肘推了張意一下。「這麼美的景色，你應該去陪你老婆不是？今天她守著我們一整天，也不輕鬆，你跟大家在這裡吃便當，完全不管她了？」

「……」張意莫可奈何地說：「師兄要我皮繃緊點……」

「長門小姐自己有準備食物，不需要你雞婆。」摩魔火這麼說。「況且你跟長門小姐還沒正式結婚呢！」

「摩魔火，怎麼你比伊恩老大還囉嗦？」吳楓在一旁哼哼地說。「你又不是長門親老爸，也不是張意岳父，你這電燈泡要當到什麼時候？」

「什麼電燈泡，我是擔心我這不成才的師弟控制不住自己！」摩魔火神祕兮兮地說：「你們不知道，這小子胯下那惡東西時常不安分，我不看著他不行。」

「師兄你在鬼扯什麼啊。」張意焦惱大嚷：「你真當我是禽獸啊！況且這裡這麼多人看著，我還能怎樣？就算我真的想怎樣，也不能怎樣……長門一拳就能打扁我的鼻子。」

「她不只能打扁你鼻子，還能打飛你的腦袋。」摩魔火哼哼地說，頓了頓，這才說：「好吧，我讓你去向長門小姐打聲招呼，至少得盡盡禮數，你要好好向她道謝今日一整天的守護。」

「……」張意聽摩魔火這麼說，這才起身往長門走去，走了兩步，又回過頭，從小貨車上取了個便當準備一齊帶去。

「我不是說了長門小姐自己有準備……」摩魔火正要捏張意脖子，便感到身子浮空，原來是陳順源伸手將他抓了起來。

「讓他們自己聊吧。」陳順源指了指自己胸口。「你這火術天才陪我聊聊火吧，我一直在找對付這火傷的辦法。」

「對啊、對啊！」吳楓在一旁幫腔。「年輕人約會，你這毛蜘蛛去湊熱鬧，眞是煞風景到了極點！」

「嘖！」摩魔火八足扒動半晌，見遠處長門背影顯得有些孤單，便也不再堅持，他對陳順源說：「『火術天才』這四個字我可不敢當，伊恩老大比我厲害多了，我連他的皮毛都比不上。」

張意托著兩個便當往長門走去，他知道長門聽不見聲音，擔心突然從她背後出現會嚇著她，便想遠遠從她側面繞去，但尚離她身後有數公尺，長門便轉過頭望著他。

長門肩上佇著的神官，不但能作爲長門的耳朵和嘴巴，也會替她留意周遭動靜。

「長門——」張意走近長門坐著的那大石，見長門吃著自己帶來的幾個海苔飯糰，便揭開那新的便當，說：「這是我們台灣的便當，要不要吃看看。」

長門聽了神官翻譯，點點頭，接過張意遞來的筷子，挾起半顆滷蛋，配著飯糰吃了，還彈彈戒弦，讓神官回答：「長門小姐說她其實吃過這種便當，豬肉排很好吃、滷蛋很好吃、酸菜很好吃、黃色醃漬蘿蔔也很好吃。」

「對啊，都很好吃。」張意見長門不排斥，便將便當放在石上，自己倚著大石繼續扒著便當。

長門抓著自己的海苔飯糰，一面吃一面望著黑夢，不時從便當裡挾出排骨和酸菜加菜。

張意偶爾望望長門的臉，見她清澈眼睛閃閃發亮，不知想些什麼。他扒光了便當，抓抓頭，終於問出憋了好久的話。

「妳眞的想跟我在一起？」張意喃喃地說：「我只是個……沒出息的臭俗辣耶。」

「什麼是臭俗辣？」神官、長門和張意在「臭俗辣」這三個字上花了點時間溝通之後，長門這才笑著搖搖頭，透過神官回答。

「我覺得你已經很勇敢了。」

「勇敢？我？」張意瞪大眼睛，指著自己。「我勇敢？」

「長門小姐說，每個人都有害怕的東西。」神官說：「你能讓摩魔火一直待在你頭上，已經很勇敢了。當初她花了很長一段時間，才能鼓起勇氣和摩魔火說話。」

「這樣啊。」張意啞然失笑，回頭望了遠處的陳順源、吳楓等人，說：「不是我不怕他，是他一直黏著我，我想跑也跑不了……不過現在已經習慣了，就像戴著帽子一樣，冬天應該很暖和。」

「對了……」張意比手畫腳地對長門說了些摩魔火和他獨處時的古怪習慣，突然想到了什麼，問：「之前摩魔火說，每個夜天使都要通過摩魔火的毒液訓練，是真的嗎？」

「是眞的。」神官透過長門翻譯。「夜天使的敵人，每個都像是來自地獄深處的惡魔；要與惡魔爲敵，有時候甚至得讓自己變成惡魔，或者至少得無懼惡魔——摩魔火的毒液，只是讓我們認清那些惡魔一小部分的恐怖，如果連那樣的試煉都無法通過，加入夜天使只是白白送命。」

「痛、癢、冷、熱、恐懼、悲傷……」神官繼續說：「摩魔火能夠製造各式各樣的毒液，刺激人的五感和心靈。當然……這些跟四指某些惡魔行徑相比，其實也微不足道。」

「夜天使像是一團爲了對抗極惡而燃起的烈火，永不止息地焚燒吞噬著一切，直到連自己也被烈火吞噬而葬身地獄。有人覺得這樣其實不好，但我們已無法停下……因爲一旦我們停下，邪惡將毫無限制地籠罩大地。我不奢望自己能與正常人一樣站在美麗的草地上起舞，但我願意浸泡在地獄的熔岩裡，用一切力量拉著惡魔的腳踝，阻止他往上。」

長門撥著弦音，讓神官以第一人稱的方式說出這段心聲時，始終淡淡笑著，望著前方迷濛魔幻的黑夢巨城。她吃完了飯糰，便不再從便當中挾菜，而是取出濕紙巾拭了拭手，提起身旁的三味線，輕輕撥了幾個音。

張意吃完了自己的便當，拿起長門剩下的便當慢慢吃，腦袋迴盪著長門透過神官對他說的那番話；她似乎將自己曾經經歷過的地獄煎熬，輕易濃縮成三言兩語簡單帶過。

張意望著長門，無法理解她小小的身軀裡，爲何能夠蘊藏著如此強大的意志，日復一日地貫徹執行。

「不，妳比我勇敢太多了……」張意這麼說，突然覺得喉間哽著什麼東西，望著前方的黑夢巨城，茫然地說：「我一點也不勇敢……如果當初我有妳這樣的勇氣，我哥哥或許……」

長門轉頭望著張意，聽著神官翻譯張意述說許多年前那個雨夜，他是如何在哥哥的守護下，逃離喪鼠那凶惡狩獵。

一聲聲零星或是連串的弦音若有似無地隨風飄來，像是香鬆佐料，讓小貨車這兒的大夥兒吃得更勤、吃得更靜。

「師弟跟長門小姐到底在聊什麼啊？」摩魔火一面與陳順源聊他胸口火傷種種，一面留意遠處張意和長門的互動，他見張意倚著大石，肩頭顫個不停，便說：「笑成那樣，該不會是在講我的壞話吧！那臭小子……」

「不是吧，誰會那樣笑啊……」吳楓吃著飯後甜點，說：「他是在哭吧。」

大夥遠遠地見到長門停下撥弦，喊低了張意身子，捧著他的臉，抓了張紙巾替他擦起臉來。

「幹，好羨慕喔……」「我也想要個老婆。」「那小子只是個小混混，怎麼那麼好命。」小貨車這邊傢伙們發出微微的怨嘆，有些人則說：「如果你可以隨手推開黑夢的門，隨意進進出出，你也有機會向伊恩老大報名當他女婿。」「你也只是個窮上班族，人家舞廳圍事，賺得說不定比你還多。」

「那沒出息的傢伙在哭什麼？」摩魔火不悅地說，一副想跳回張意頭上鞭策他的模樣。

「一定是你平時欺負他欺負過頭了。」吳楓笑嘻嘻地說：「他正跟長門小姐訴苦呢。」

「放屁！」摩魔火哼哼地說：「我最多是用火毛扎他脖子而已，這與夜天使的試煉比起來，跟屁差不多。」

「我就不信夜天使的試煉眞的那麼難熬。」吳楓將胳臂伸到摩魔火面前，說：「咬我一口。」

「咬妳幹啥？」摩魔火問。

「用你們訓練夜天使的威力咬我一口。」吳楓臉上掛著笑容。「來吧。」

「那可不行。」摩魔火說：「這得經過伊恩老大同意才行，妳當我傻瓜，我豈能私自招募夜天使？」

「沒錯。」陳順源哈哈一笑，對吳楓說：「妳急什麼，不掛上夜天使的頭銜，就不能殺四指了嗎？」

「我只是想幹得更徹底一點。」吳楓哼哼地說，站了起來，取出那插在腰間刀套裡的彎刀。那彎刀柄端連著腰際一圈白繩，那圈白繩讓吳楓看來像個牛仔一樣。

吳楓將彎刀高高一拋，拋上了天，指揮著彎刀左劈右斬。

「小楓，想進夜天使，先打贏菜刀伯的菜刀。」老陸哼哼地說，手上捧著第四個便當。

「好。」吳楓轉身，盯著菜刀伯。「菜刀伯，拿出你的菜刀來。」

菜刀伯穿著染黃的白吊嘎和短褲，坐在小貨車車斗邊緣，腳趾上勾著的藍白拖鞋晃晃盪盪，冷淡地扒著第三個便當，說：「今天沒帶菜刀。」

他雖這麼說，卻仍反手從屁股後頭摸出三把刀，分別是水果刀、生魚片刀和牛排刀。

「切斷你的筷子算我贏。」吳楓手一揚，甩出那繫繩彎刀，彎刀倏地射向菜刀伯單手持著的便當裡那雙斜斜伸出的筷子。

菜刀伯也托起那三把刀，噹噹擋下吳楓甩來的彎刀，他右手的動作像是在擦窗戶，張開的手掌沒握著任何一柄刀，但三把刀便像是被無形的力量吸著一般，在菜刀伯掌上飛旋，叮叮噹噹地擋下吳楓每一記彎刀。

「哼、哼、哼、哼！」吳楓一面操使繩刀，一面走近小貨車，來到菜刀伯面前。她左手拔出另一柄彎刀，雙手握著白繩，指揮兩把彎刀，左右夾攻菜刀伯便當上的筷子。

菜刀伯仍然托著便當，單手操刀應戰，只是三把刀旋繞的範圍變大了些，仍然將便當守得密不透風。

「小楓，妳用雙手都打不贏菜刀伯單手，這樣也想進夜天使？」一旁有人這麼笑。

「哼，菜刀伯雖然用單手，但他用三把刀打我兩把啊！而且便當那麼小一個，守得住也沒什麼。」吳楓不服氣地說：「如果我的目標是菜刀伯全身，那他就沒辦法守了。」

「如果玩真的，菜刀伯也不會拿著便當跟妳打！」「是啊，菜刀伯兩隻手一起來，可以一口氣拿十幾把刀，妳那繩子能捲著多少刀？」眾人聽吳楓那麼說，紛紛鼓譟起來。

喀嚓一聲，吳楓彎刀斬過菜刀伯三把刀的空隙，將那便當上的筷子斬出便當，還在菜刀伯左掌上劃出一道血痕。

「啊！」眾人紛紛驚呼，一個個站了起來。

吳楓本來一擊得逞，得意雀躍，但見到菜刀伯手掌濺血，不禁呆然，又見菜刀伯三柄刀噹啷啷落地，大夥一齊驚駭站起，這才連忙跟著轉身回頭，朝黑夢巨城的方向望去——

轟隆隆隆——

轟隆隆隆——

河岸對面那如同高山峻嶺般的黑夢巨城，綻放出比平時晚間更爲耀眼燦爛的燈火，各式各樣的彩煙魔氣，極光般地在巨城上方舞動搖曳。

長門提著三味線，在大石上迎風站起，張意則像是受到驚嚇的野貓般左顧右盼起來。

小貨車四周的晝之光成員們紛紛拋下手中的便當或甜點，從車上或身上取出隨身符籙武器。

只見眾人前方左側的忠孝橋，和右側的中興橋末端那兩張彷如巨爪姿態的傾斜巨樓群，轟隆隆地晃動起來。

巨爪緩緩伸動著，兩座連接著三重的橋梁劇烈震動起來，橋身梁柱破裂傾垮，同時又長出新的支架結構，不斷破壞同時增長。

「黑夢有動作了！」「大家準備撤退——」「通知長老！」

小貨車周圍眾人騷動起來，一個個往車斗上跳；眾人見到除了忠孝橋和中興橋這兩處傾斜樓群開始往河岸這方襲來之外，就連北面的台北橋、中山高和重陽橋，以及南面的重翠橋後端四處傾斜樓群，同樣開始震動推進。

「快咬醒腦藥！」眾人彼此提醒，紛紛取出各種能夠對抗黑夢的符籙和藥水，往太陽穴和口鼻上抹，往嘴裡塞嚼。

「師弟，還愣什麼，快保護長門小姐回來呀——」摩魔火奮力一蹦，朝著張意竄去，他儘管遠離張意，但幾道沾著張意腦袋和四肢的蛛絲倒是一直連著，此時緊收蛛絲，讓他身子往張意飛梭竄去，倏地攀回張意頭上。

摩魔火正想罵些什麼，便見到前方河面如同沸騰水鍋般激烈滾動起來——

下一刻，整條河面伴隨著一陣刺耳的尖銳長嘯，衝出一片上下顛倒的暴雨。

每一滴「雨滴」都大得嚇人，自河面竄上半空，再嘩啦啦落在河岸。

那是無以計數的水鬼。

日落後長篇06　完

After Sun Goes Down

日落後

下集預告

黑摩組核心五人首度齊聚同征，黑夢發動全面進攻，巨大魔爪伸向三重，正面強襲紳士、淑女結界。

為了提昇團隊戰鬥技術，安娜提議大夥分組較量，十二護身傘戰鬆獅魔兄弟、黃金葛戰百寶樹、鐵身戰長髮、結界鬥結界……

日落後 / 星子著. -- 初版. -- 臺北市 : 蓋亞文化, 2016.02
冊； 公分. --（悅讀館）

ISBN 978-986-319-195-7（第6冊 : 平裝）

857.7　　104000443

悅讀館 RE300

日落後 長篇 06

作者／星子（teensy）
插畫／BARZ
封面設計／克里斯
出版／蓋亞文化有限公司
地址◎台北市103赤峰街41巷7號1樓
電話◎（02）25585438　傳眞◎（02）25585439
網址◎http://gaeabooks.pixnet.net/blog
粉絲團◎https://www.facebook.com/Gaeabooks
電子信箱◎gaea@gaeabooks.com.tw
投稿信箱◎editor@gaeabooks.com.tw
郵撥帳號◎19769541　戶名：蓋亞文化有限公司
法律顧問／義正國際法律事務所
總經銷／聯合發行股份有限公司
地址◎新北市新店區寶橋路二三五巷六弄六號二樓
電話◎（02）29178022　傳眞◎（02）29156275
港澳地區／一代匯集
電話◎（852）27838102　傳眞◎（852）23960050
地址◎九龍旺角塘尾道64號龍駒企業大廈10樓B&D室
初版一刷／2016年02月
特價／新台幣 220 元
Printed in Taiwan

GAEA ISBN／978-986-319-195-7

RE300
GAEA

After Sun Goes Down

日落後 長篇06

蓋亞文化　讀者迴響

感謝您在茫茫書海中選擇了蓋亞，您的支持是我們最大的動力。
不要缺席喔，讓我們一起乘著夢想的羽翼，穿越時空遨遊天地！

姓名：	性別：□男□女	出生日期：　年　月　日
聯絡電話：	手機：	
學歷：□小學□國中□高中□大學□研究所	職業：	
E-mail：		（請正確填寫）
通訊地址：□□□		
本書購自：　縣市　書店		
何處得知本書消息：□逛書店□親友推薦□DM廣告□網路□雜誌報導		
是否購買過蓋亞其他書籍：□是，書名：		□否，首次購買
購買本書的動機是：□封面很吸引人□書名取得很讚□喜歡作者□價格便宜□其他		
是否參加過蓋亞所舉辦的活動： □有，參加過　場　□無，因爲		
喜歡出版社製作什麼樣的贈品： □書卡□文具用品□衣服□作者簽名□海報□無所謂□其他：		
您對本書的意見： ◎內容／□滿意□尚可□待改進　◎編輯／□滿意□尚可□待改進 ◎封面設計／□滿意□尚可□待改進　◎定價／□滿意□尚可□待改進		
推薦好友，讓他們一起分享出版訊息，享有購書優惠 1.姓名：　e-mail： 2.姓名：　e-mail：		
其他建議：		

◎請沿虛線剪開、對摺、裝訂後寄出

◎請沿虛線剪開、對摺、裝訂後寄出

廣告回信　郵資免付
台北郵局登記證
台北廣字第675號

蓋亞文化有限公司　收

103 台北市赤峰街41巷7號1樓

GAEA

GAEA